饕餮五志

——两代食家谈饮馔

陶君起 陶慕宁 著

写的是舌尖体会
品的是五味人生
才下舌尖，却上心间

中国大百科全书出版社　知识出版社

图书在版编目（CIP）数据

饕餮五志：两代食家谈饮馔 / 陶君起，陶慕宁著 .
— 北京：中国大百科全书出版社，2022.7
ISBN 978-7-5202-1167-3

Ⅰ . ①饕… Ⅱ . ①陶… ②陶… Ⅲ . ①散文集—中国
—当代 Ⅳ . ① I267

中国版本图书馆 CIP 数据核字（2022）第 127431 号

饕餮五志：两代食家谈饮馔

陶君起 　陶慕宁 　著

策　　划	刘国辉	
责任编辑	李默耘	
责任印制	李宝丰	
出版发行	中国大百科全书出版社	
地　　址	北京市西城区阜成门北大街 17 号	
邮　　编	100037	
网　　址	http://www.ecph.com.cn	
电　　话	010–68341984	
印　　刷	文畅阁印刷有限公司	
开　　本	880 毫米 ×1230 毫米　1/32	
字　　数	117 千字	
印　　张	9.75	
版　　次	2022 年 7 月第 1 版	
印　　次	2022 年 8 月第 1 次印刷	
书　　号	ISBN 978-7-5202-1167-3	
定　　价	68.00 元	

《饕餮五志》序

陶慕宁

平生罕有梦，数月前一日饮酣，忽忽入眠。飘飘然如入桃花源中，得遇先君。父子饮于碧桃林下，煦风拂面，把酒快谈。父神情怡逸，目露嘉许，诩我文理粗通，克绍箕裘。言罢食肉一箸，饮罄盎中绍酒。余方执壶把盏，倏然梦觉，不禁泣下涟涟。盖当日去父离世已垂半世纪矣。父逝时，余已遭削去京籍，发代北苦寒之地务农三载，彼时粗粝齑盐，食不果腹，颓唐委顿，万念俱灰。后之焚膏继晷，笃志苦读，四入棘闱，释褐执教，父皆未及见，是乃抱恨终生事也。

今编撰此书，名之为《饕餮五志》，书之取名，仍源于先君之旧文，一则告慰于先君九原之灵，盖《饕餮新志》《饕餮续志》《饕餮广志》皆先君发表于民国北平报纸之杂文,属卖文以易酒资之作,出于何报已不可考。"别志""支志"乃余近年所撰关于饮馔之随笔,半数亦曾发表于《今晚报》。沿用"饕餮"二字,以示不忘先考之遗泽,用彰已坠之家声。二则拟呈于亲朋故旧、弟子同好之前,冀能消遣有涯之生,解颐一笑耳。

先君讳复,字君起,以字行,先世为蒙古贵胄,一九一五年生于北平仕宦之家。十七岁即发表小说《奇侠别传》,精研文史、说部、戏曲,一九五一年入中国戏曲研究院,一九五七年出版《京剧剧目初探》,享誉宇内。另有专著数种,为著名戏曲专家。"文革"初,遭江青点名批判,诬为"反动文人",一九七二年一月十四日猝亡。一九七八年平反。

先君遗文,有《告未来儿子书》一纸,书于民国三十一年,中有云"每于风晨雨夕,作山水之登临;月下花前,效兰亭之集禊。浊酒微醺,虽南面王不易吾操;下笔邕言,纵三公曷易吾介。事大如天醉亦休,我倦欲眠卿且去。乐则行之,忧则违之,确乎其不可拔。所谓潜龙者,其斯之谓舆?汝与其为膏粱之子也,岂若为潜龙之子哉。潜龙之子,其道为何?曰忠,曰直,曰学,曰文。忠则无负于国家,虽重币甘言无所诱;直则无愧于乃心，虽畸行顽词无所欺；学则不隘，不攻乎异端；文则不俚，不流为纤细"。"潜龙之子"，余固不敢当，唯于治学执教一道，秉承父训，不敢寸厘敷衍。复于饮馔一道，深得先父之言传身教，尝撰文论美食家之造诣曰："窃忖欲以哺啜家（今称美食家）名世者，当先具四质素。一者，识见广博，兼采并蓄。须味觉灵敏，足践四方，雅俗精粗，亲尝遍历。二者，腹笥稍丰，涉笔成趣。须读书多且杂，善言谈而有味，擅属文而能尽饮馔之趣。三者，穷达亨困，谙练世情。须命途有舛，曾经沉浮。若一生闭处于钟鸣鼎食之家，不知世间疾苦，终只是"何不食肉糜"之辈。四者，心境冲和，无欲之欲。须斥去功利，但求审美。若生意场上，官宴之席，心怀觊觎之念，情限尊卑之阻，纵炰凤烹龙，珍馐罗列，亦不免味同嚼蜡矣。"不知先君览此，有何训诲。冀再得一梦，晤面聆教。是为序。

2021 年 5 月 10 日

目　录

饕餮新志·续志·广志

饕餮别志

饕餮支志

饕餮新志·续志·广志

　　旧都饮食，甲于天下，初以山东饭馆势力为最。如东安门外之东兴楼，即久为碧眼黄须客所称赏。尝闻某国旅行团员来游于此，未至该楼一尝异味，竟受一般人之讥笑，谓其虚此一行，亦可见山东菜之魔力矣。

君　起

◎ 饕餮新志

君起

旧都饮食，甲于天下，初以山东饭馆势力为最。如东安门外之东兴楼，即久为碧眼黄须客所称赏。尝闻某国旅行团员来游于此，未至该楼一尝异味，竟受一般人之讥笑，谓其虚此一行，亦可见山东菜之魔力矣。

自川黔闽粤苏扬饭馆相继而起，菜式新颖，价格低廉，山东馆乃大受打击焉。又有一种济南馆，首倡者为明湖春，继起有济南春、新丰楼，虽亦为鲁菜，然与普通迥异。如龙井虾仁、川双脆诸菜，及银丝卷、蒸食，均济南馆所发明。今日济南馆已成过去，最流行者，厥为闽川苏省之馆，但此中亦分若干派别，兹不赘述。唯本市饭馆业，从前均以前门、大栅栏、煤市街等处（洵）为萃集之所，今则西长安街饭馆林立，大有取而代之之势。又其名称，多以"春"字相标榜，如大陆春、新陆春、庆林春等，曾有"十分春色到长安"之谚。平市繁荣之顺序，向系由北而南，渐改为由南而北，此为北平商业史上一大变迁。

慨自国都南移，市况日趋萧条，各界人士争逐于酒食之场者，已不及昔日之盛。即号称开筵请客者，亦不过迫于不得已之酬应，强为欢笑。既讲交际，复图省费，于是新兴之饭馆，乃迎合社会上之心理，力求菜丰价低。饕餮者流，群趋如鹜，长安道上，车水马龙，颇足点染一刹那之繁华。

夹列于诸春之中有一羊肉馆焉，曰西来顺，系抄袭东来顺之成文，而稍加改窜。炮、烤、涮为冬令应时之食品，亦为羊肉馆照例之文章。较之他处，无甚轩轾，独扒四白一味，为其新发明者，色香味三者，具臻上乘。全爆亦该馆拿手之作。每日食客麇集，后至者几无立足之地。盖回教馆之佳处，即在清洁二字。其余如同和轩、两益轩，皆教馆中之翘楚，生涯亦颇不恶也。

以上为中菜之班，至于西菜则有英、法与大陆之别，然冷食中如冷肠、咸肉、糕点、糖果，都以俄国制法为最佳。此间西餐馆规模稍大者，大饭店不计外，当推撷英、来今雨轩，小馆如新华及华美等处，物虽不美，而价诚廉。少破阮囊，即可大啖其牛尾汤、火腿面包。又德国饭店，为德人所设，菜肴极精，价值略昂，且每餐菜品甚少，非如寻常一汤四菜之多也。又福生食堂，为回教人所设，原系牛乳店，故菜品以牛羊为主，牛乳牛肉之类，较诸他家，质味浓厚，亦西餐馆之别开生面者也。

总之，菜不论乎中西，馆无分于南北，每馆俱有特点，第在食者自择。平日若无深切之研究，贸然从事，则徒费无益。余生平百无一长，唯饮酒食肉，不敢后人，故略述饮食之梗概，为健啖诸公作识途老马。时事多艰，快意只有大嚼；人生能几，消愁全仗一醉。世有同好，谨记吾言。

◎ 饕餮续志

君起

《饕餮续志》何为而作也？继"新志"未竟之意而作也。望门止渴，屠门大嚼，虽不能上追夫随园，而狗尾续貂，再接再厉之精神，亦足以媲美于《虞初》(《虞初志》后有"新志""续志""广志""支志""近志"之作)。盖言之不足，故长言之。说者胡天胡地，聆者涎垂三尺。食色天性，人所同然。四座莫喧，听我饶舌。

南北人习尚不同，各有所嗜。余北人也，而颇喜南味。此地北馆，陈陈相因，不知改良。

山东馆除油爆羊肚、糟熘鱼片等菜为其特长外，其余均无足取。致美斋凤以点心驰名，如焖炉烧饼、肉饺、萝卜饼皆拿手杰作，唯嫌其油多腻人，其萝卜饼亦不如青云阁、玉壶春茶社所制为佳也。山东馆菜价向来昂贵，盛菜器皿亦极小，若每席坐十二客，往往一菜平均每人不足一勺，虽间有改用稍大器皿者，但每菜则按双卖计值，菜量并未加多一倍，结果仍顾客吃亏耳。至于每菜价值，无固定之价目表，食毕亦无详细账单，仅凭堂倌口头一报，信口开河，毫无标准。客人拘于面皮，多弗肯锱铢计较。如有生客，益不便从事审核。无论如何奇昂，亦只得如数付给。此种欺骗之术，人深畏之，故有时客人与堂倌争吵实属咎由自取。

南饭馆则不然，菜价低廉，器皿又极丰满，复有固定之菜单，任客选择，食毕则有清账。如菜价几角，酒几角，茶饭几角，逐项列清，毫不紊乱。亦有书明小账加一者，虽近强取，然非不教而诛，情尚可谅。故南北馆比较，则南馆稍公道也。

北馆中有所谓饭庄者，系专为供应喜丧诸事而设，其烹调粗劣，远逊于一般之山东馆，唯数十百桌之席面，可以咄嗟立办。其所用之茶役，大半头脑清晰，身手伶俐。譬如同时开席十余桌，均能秩序井然，有条不紊，是为饭庄之特长，而普通饭馆所不及也。饭庄字号，多以堂名，菜较精良者，当推金鱼胡同之福寿堂与什刹海之会贤堂，但价格则较一般饭庄为昂，故平常在该处宴客者甚少。唯夏日什刹海荷花盛开之际，富贵中

人都视会贤堂为消暑胜境。绿柳丛中，画楼一角，两三
姝丽，凭栏远眺，诚一幅天然画图也。会贤堂之菜以鸡
汁冻为最佳，颜色明透纯洁，滋味又极浓厚。他处虽有
仿制者，然均不能逮。余于是知各馆各有其拿手菜一二
味或三四味，他馆毋论如何，弗克仿效。如广和楼之潘
鱼、江豆腐；忠信堂之蚝油豆腐、炖白肺；致美斋之烧
鱼头；福兴居之烩鸽雏；东兴楼之乌鱼蛋；天和玉之芙蓉
鸡片；西来顺之扒四白；润明楼之雪花鱼片、赛螃蟹；厚
德福之糖醋瓦块、红烧甲鱼，悉其特有之拿手菜，不易
假冒也。

年来佛学昌明，一般佛门居士率皆素食，而此间素
菜馆，反形寥寥。东安市场森隆菜馆虽有素餐部，并不
甚精。开成则早已闭歇。故佛门中人宴客，颇感困难。
揆素菜馆不能持久之故，系食素之人究竟不多，素菜馆
价目亦不低廉，趋之者自然甚尠。且荤菜易制，素菜难
精，专门作素菜之庖师，亦有才难之叹。父执某公，学
佛多年，曾用一庖人，名长喜，专以素菜见长。其奶汤
竹荪、红烧冬菇笋、假炸桂鱼、烧老豆腐均极精良。该
庖人系楚产，所制菜蔬，纯系南味，初拟在此间设一素
菜馆，嗣因资本及地点之关系，未能见诸事实，而长喜

亦因事他去矣。

素菜既不易制，然制素菜者，多强以荤菜名目加于其上。一豆腐皮也，而必名之曰素鹅；一山药也，而必使成鱼形，名之曰某某鱼；一烩粉条也，而必名之曰鱼翅。余如鸡鸭虾蟹种种肉类，俱有一素菜为之代表。余尝谓素食之辈而心中不能忘情于鱼肉，夫食素因为戒杀，但杀念仍未能尽泯，心口相违，实属矛盾。或谓梁武帝好佛，以面为牺牲，究竟免去杀业，然殉葬雏灵，类于人形，犹有作俑无后之讥。盖人类在世界中，善恶祸福，全凭一念。口嚼菜根，而心思鱼肉，则必生分别心。试思菜根之味，绝不敌鱼肉之肥美，杀机于是乎油然生矣。何若老老实实食素，不作他念，比较心地反觉清净。是以素菜万不可用荤菜名目，确为不易之论矣。

北平为数百年故都，达官贵人，席丰履厚，锦衣玉食，自成一种奢靡之风。各宅第中，咸有其特制之食品，为外间所不经见。就余所知者，如某府之酥造肉及某宅之花椒鱼，俱为最精致之品。诸如此类，指不胜屈，难以遍举，而市肆中模仿者，辄冠以发明人之姓氏，若伊府面、吴鱼片、潘鱼之类，当初皆为宅第内发明之食物。凡食品以人传者，不仅国内如此。李鸿章杂碎亦曾盛行于新大陆。

余凤喜研究烹调，独对于甲鱼兔肉不敢研究，深恐制法流传，社会援例以余之大名冠诸丑类之上，则未免太冤也。关于吃之记录尚多，留待广志述之。

◎ 饕餮广志

君起

余曾作"新志""续志"矣，唯语焉不详，意有未竟，则"广志"之作，不容或已。噫嘻！过屠门而大嚼，虽不得肉，且快意焉，余又何能默尔而息耶！

余馋人也，每日无酒不乐，非肉不饱。家无担石之储，座有不速之客。往往典春衣，市鱼肉，审蔬菜之性，研烹调之法。融合南北，推陈出新。得一佳制，则喜而醉，醉则狂歌，疲则酣卧。一梦醒来，口有余甘。此天下之至乐也，乌可以不记！

余喜研究吃学，近年以来，于南北中西饭馆之稍知名者，无不遍尝，且细心咀嚼而比较之。如一红烧鱼也，而山东馆与江苏馆之制法不同；一清蒸鸭也，而四川馆与济南馆之做法迥异。久而久之，则知某菜为某省饭馆之专门，而某馆尤为其中之翘楚。例如芙蓉鸡片为山东馆之专门菜，又以山东馆中之天和玉为最佳；又如福建馆中之炒香螺，则以忠信堂为最好。经验既富，攸往咸宜。有时叨陪末座，酒过三巡，菜单陈来，不必仔细推敲，即可提要钩玄，择肥而噬。尝谓吃饭与听戏，事异而理同。戏界三巨头属梅、杨、余，听过三人之戏，其余可以不听矣。之三人者，亦各有其拿手之杰作焉，听过其拿手戏数出，则其余亦等于糟粕。吃馆子亦何独不然？是以余之吃饭，抱定稳、狠、准三字秘诀。所谓"稳"者，有备无患之谓也。初接请帖之时，即应做吃前之准备，如假座忠信堂，则蚝油豆腐、炖白肺，应为内定之菜选；如席设新陆春，则火腿菜花及羊肚菌、脆皮鱼又为预先之拟议。于是抱定宗旨，成竹在胸，届时入座，不假思索，脱口而出，举座钦为鬈轮老手，而势利之堂倌，亦不敢轻视为门外汉。预定计划，丝毫不乱，是之谓"稳"。

所谓"狠"者，知己知彼，百战百胜之谓也，于吃整桌席面时适用之。无论如何著名之馆，其拿手菜不过数味。整桌之席，不能色色俱佳，其中必有一二种滥竽充数者，亦有数种与自己口味不合者。当此之时，先要具大眼光、大智慧，负无上鉴别力以应付之。然而主要之诀，仍在熟悉饭馆内中之情形也。凡某一著名之饭馆，平时须有充分之调查及经验。例如庆林春之拿手菜为酸辣鲦鱼、炒三泥、酒黏橙子羹、脆皮鱼或椒盐鱼、火腿菜花、红烧羊肚菌、辣子鸡或宫保鸡、川竹荪、鸡绒豆花、虾子海参等等，如整席决不能全班合演，然吾人所抱定之目标，即凡有此中所列之菜，则可尽量大嚼之。除此以外，则多取观望之态度。唯鱼翅、鱼唇、燕菜等珍品，则可不待考虑而拼命以吞之，因此中珍品，为一席之主菜，必系精心用意之作，肆意狂嚼，决不致上当也。盖"狠"者，即是非心目中认定之佳肴，决不轻易举箸，以免徒劳脾胃而侵占腹内有用之地盘。但"狠"之一字，无坚忍性者定难实践。当夫饥火中烧，珍馐罗列之际，欲其强遏馋涎，稍待片刻，非大毅力者，孰能臻此！尝见一般食客，冷碟上而狂唉，点心来而争取，及鸭子上而蹙额，烧鱼至而摇手，自怨自艾，悔之何及。轻重倒置，冤哉枉也！

"狠"字一诀，其难如是，而用于西餐则尤难。西餐照例一汤一菜或四菜，一点心一水果、咖啡，均不能果腹。点心为甜食品，亦未克疗饥。主要之品，只此三四样之菜耳。此三四样菜中，必有一冷食；其热菜中，

大半一炸、一烩、一煎，对于此三四菜苟不精心以鉴别
之、取舍之，则必惨遭失败。是以西餐须"狠"，并用
在 Boy 手捧菜盘来时，须以精锐之眼（力）、细密之脑
筋，而审查其盘中之物，如认识不清，或嗅觉发现不良
之异味，弗可好奇而多取。略取些许，敷衍面子即可。
若认为素嗜之品，则多取之而不为虐。然此中尚有一救
济之道，即先阅菜单，不恰意者，可令其改换也。唯在
盛大之宴会中，客位众多，定菜不易改，但亦应先看菜
单，以便脑府临时之斟酌；即或无一菜可吃，尚可多吃
黄油面包，以图一饱。免致乘兴而来，败兴而返也。

所谓"准"者，即看定一菜，眼明手快，择菜中之
精美部分，捷箸先得，毫不放松之谓。譬诸油爆羊肚，
照例每盘只有十余块，如座为十客，则每客平均仅一块
而强，且块之大小不一，若不看准其大块者而取之，稍
一迟缓，盘中已空，噬脐无及。又如烩全家福，其中名
贵如翅如鸭，仅有少许，下箸时尤宜准确，始能擒贼擒
王，探骊得珠，是之谓"准"。

熟练稳、狠、准三诀，则整席零吃，无往不利。预
健啖诸君，有以试之。"广志"暂于此。读者喜聆余谈
吃乎？容撰"别志"以述之。

饕餮别志

　　《饕餮广志》文末，先父提及欲撰《别志》，而迄今未之见。时隔近八十载，不肖子慕宁不揣谫陋，撰此以继先父未竟之志，幸读者知我谅我。

　　　　　　　　　　　　　　　慕　宁

◎ 童年的饮食

我生于一九五一年初（农历庚寅年元月），北京西直门内南草厂后广平库十一号。是个标准的四合院，坐北朝南。有个红漆斑驳高台阶有飞檐的大门洞，进门有照壁，左面是前院，狭而长，五间南房，原是下人所居。朝北有垂花门，进去是中院，五间北房过厅，是我家所居。另有耳房，记不清是否有人居住了。东西厢房各有一户邻居。两边有月亮门，沿狭长的甬道可以走到后院，有回廊，两面厢房，中间北房才是正房。

祖父祖母住在西首第二间，第一间是叔父婶母，父母和我们四个孩子住东边两间。堂屋正中一长案，后面有类似佛龛的木雕，外罩黄绸，小孩子不许偷看（但当然是偷看了，一排六七个穿着黄绢的布人，有佩刀的，有佩剑的，二尺多长，还有断臂缺腿的。后来终于知道是祖先的神祇，供奉之用）。墙上挂着一排刀枪剑戟之类，亦有髯口、厚底靴，皆是戏曲行头。祖父是个慈祥可爱的老头，经常会编一个名叫"怯混儿"的憨态可掬的莫须有之人的故事，讲给我们听。比如怯混儿睡觉钻被窝是先钻脑袋，诸如此类，正是三四岁儿童最喜欢听的带点叛逆的趣闻。因此我和哥哥便总是缠着祖父讲故事。祖父有个习惯性动作：不时地右臂垂直，手掌平伸，再翻过来手背朝上，偷偷歪头看看手掌，再看手背。我们都不知道为什么。后来听父亲说，祖父出生后生母随即去世（其生母乃曾祖父嫡妻），由父妾抚养，不免有些苛待，常常罚站。站得无聊赖时，便看手以资消遣，时间长了，便成一种下意识动作。祖父谢世多年以后，我才知道这个可爱幽默的老头曾是京城有名的陶八爷，蒙古贵胄，乌里雅苏台将军、从一品大员明谊的裔孙，陕西汉中知府、四川提法使常裕的哲嗣。毕业于京师大学堂的前身——北京政法高等学校政治经济科。曾任北平社会局股长，书画俱佳，腹笥丰厚，尝拜"老夫子"陈彦衡为师，专攻老谭唱腔，兼通琴艺。翩翩浊世佳公子，曾于中山公园水榭举办个人画展。我曾在家里见过他的一幅扇面，颇有元人山水的韵致，可惜也没有留下来。

　　家道是一再地中落，从紫禁城的边缘逐渐地外移，从府邸到一般的四合院，到两家合居一栋，再到群居一个四合院。我生之初，已然如是。祖父自日本人入北平即已赋闲，祖母为满洲索卓罗氏，汉名璧婉仪。四季都穿旗装，梳两板头。她与祖父同庚，都生于光绪十六年（1890）。祖母不苟言笑，望之俨然，家人都怕她，包括祖父。后来知道她出嫁的时候，索氏还很煊赫，但我家的君子之泽，已过了五世，开始走下坡路了。还知道她年轻时相貌娟妍，是个美人。我印象中的祖母，经常发号施令，她喜欢猫，养了一只暹罗种，黑而瘦，很凶悍。祖父怕猫，但因季常之惧，无可奈何。父亲也爱猫，养了两只波斯长毛，娇媚可喜。祖父毕竟是家中的首尊，偶尔会享用一点特供——由祖母亲手调制一碗油茶，端到八仙桌上，他便一勺一勺地慢慢品味。记得我三岁多时，有一天上午与祖父对面而坐，隔着那张八仙桌，我实际是跪在椅子上。祖母端来一碗油茶，这该是蒙古人的常食，牛油炒面，呈黄褐色，加水熬成糊状，俟焦香泛出，即可食。祖父很享受地吃了几勺，祖母出屋，祖父看我馋涎欲滴的样子，舀起一勺，吹了吹，隔着桌子送到我嘴里，还做手势要我瞒住奶奶。祖母进屋时，祖父便静静地吃，我便静静地看。祖母出屋，对面便又送过来一勺，祖孙配合得十分默契。

祖父其实颇擅烹调，在社会局供事时，北平各餐馆都是他治下。老板们很巴结，他可以直入庖间，向主厨请教一两道拿手菜，渐渐地心领神会，颇得款要。但他极少亲手烹饪，大概是"君子远庖厨"吧。那时家里还有保姆可做大锅菜，或许也是没有什么值得他动手的食材。我只见过两次祖父亲自掌勺，一次是过春节，有人送了一只活鹅，高而壮。阖家茫然不知所措，祖父则成竹在胸，不慌不忙地指导家人宰杀煺毛，然后亲掌庖厨，做出了一道原汁原味的清炖鹅。还有一次也是过年，祖父做了一道红烧鱼，味道是苏沪一带的，偏甜。记忆深刻的是祖父的样子，鱼在锅里烧着，他站在旁边，不时地用炒勺舀起一点汤汁，眯起眼睛品咂，"吧唧吧唧"，声音很大。我觉得好玩，也学着"吧唧吧唧"。祖父便笑了。

◎ 吃饭馆

父亲一九五一年调入新成立的中国戏曲研究院，专事戏曲研究。月薪按行政十六级发，每月一百一十余元，在当时可谓不菲，高于县、科级的正职。但因为有祖父母、四个孩子须赡养，故并不富裕。母亲有时为夜校讲课，稍补家用。幸而父亲时有稿费，多用来吃饭馆。

父亲好饮馔，或许是蒙古人的基因作用，饮酒食肉，由来渐矣。听父亲说，祖父年轻时，曾用荷叶当杯，五斤花雕一饮而尽。父亲每日亦无酒不欢，能饮一斤二锅头，彼时的二锅头是六十五度。可能是因为家里保姆做的饭不好吃，父亲尤其喜欢吃饭馆，他吃饭馆不仅是满足口腹之欲，还做研究。年轻时已在报纸上发表过《饕餮新志》《饕餮广志》《饕餮续志》一类谈饮馔的杂文，对京城饭馆的菜系、烹饪特点、拿手菜以及食家三昧都有经验之谈。二十世纪五十年代中期，父亲常带着家人吃饭馆，常去的主要是前门外、王府井、西单，都是餐馆聚圈之所，如东安市场北门，开在金鱼胡同，出北门，左边森隆，右边东来顺，对面则是全聚德分店。那时的餐馆，多有窄窄的、陡峭的深褐色木楼梯，每次登楼，"咯吱咯吱"地响，都会莫名的窃喜，知道很快就可大快朵颐。市场内还有大量的菜馆，鳞次栉比，我则对一个叫作"小小酒家"的餐馆情有独钟，盖因其中有一道咕咾肉酸甜适口，每次走到那餐馆的楼下，便不肯再动。时年四五岁，尚不辨味，父母娇惯，遂登楼点菜。有一次换了一家店，说是也有咕咾肉，结果是用软炸肉替代，被我当即识破。哄了好久，才勉强就食。

餐桌上，父亲会不经意地谈一些饮食的掌故，也会讲一讲点菜的要领，他认为吃饭馆点菜的最高境界是不看菜谱，这就要求见多识广，对各路菜系、各家饭馆的拿手菜了如指掌。无论到了哪家，入座以后，侃侃道出该店的看家菜，就连堂倌也要刮目相看了。不过我吃了几十年的饭馆，如今对父亲的理论似乎也有资格做一点补充了：赴宴不必说，几冷几热，烹炙煎煮，一般早有安排，无需食客操心。若吃饭馆，最好是别人点菜，尤其是到了外地自己不熟悉的地方，有个当地的老饕点出当地的特色菜，那绝对是巨大的享受。即使是本地，他人点菜，既可考验此公的饮食造诣，也还有一份悬念，说不定会有惊喜。因为每个人点菜，都或多或少会带有个人的好尚取舍，故蠲弃私念、旁求博采，总不是坏事。当然偶尔也会遇到大失水准的一桌菜，点了东坡肘子，又点红烧肉，还有梅菜扣肉，那就只好多想想当年下乡插队时候窝头藿菜的苦日子，顺便以领略食客的谈吐风采为主了。

一九五七年，父亲的《京剧剧目初探》出版，稿酬竟有两千多元。两千多是什么概念呢？父亲看好了东四附近的一栋三合院，不到两千元。只是因为祖母反对，未能成交。于是，这些钱基本都被吃了。现在想来，这无疑是英明的决定，否则，无需十年，那房子肯定会被充公。父亲朋友多，三日一小宴，五日一大宴，逢周末，则往往携家人外出就餐。我一九五八年上小学，感觉最幸福的事就是跟着父亲吃饭馆。父亲喜欢涮羊肉，常带家人从西直门内乘公交到王府井东来顺，我却从四五岁就不吃羊肉了，主要是怕膻。至今我还没见过第二个不吃羊肉的蒙古人。到了东来顺，父亲点好菜，给我一块钱，让我去西边的森隆自己吃。我小时候个子很矮，服务员看见这样一个幼童大咧咧地坐在桌边点菜，很好奇又觉得有趣。我一般点一菜一汤一碗米饭，差不多一元。吃完了再去东来顺，陪父亲喝点酒，吃两口涮羊肉。饭毕，父亲会到东安市场的旧书摊淘上一两种线装书，我小时候读的《聊斋志异》就是东安市场买的，光绪十三年石印，八册一夹板，王渔阳批注，每篇一幅图，画得极好，只要了五块钱。

有时会去吃西餐，莫斯科餐厅、大地、和平、吉士林、新侨饭店等，父亲会边吃边讲吃西菜的规矩，如左叉右刀，坐姿要直，肘部不得架于桌上，食物要用叉送入口，不可低头就食，不可露齿大嚼，要先喝汤，勺须从里向外舀。这样的言传身教自然远胜于单纯的书本知识授受。古人说"五世长者知饮食"，信乎不虚。从吃相是可以看出一个人的修养文明程度的。

◎ 大 酒 缸

　　二十世纪五十年代，北京城的街头巷尾尚遗存了不少的大、小酒缸，所谓酒缸，实乃酒肆、酒馆的俗称，盖以店内的酒桌皆用埋在地下的酒缸充当，通常一少半在地下，一大半露出，酒缸的盖子即充桌面，酒客拥缸坐于板凳之上，觥筹交错，是以得名。现在想来，它们应属公私合营以前的私人企业。大一点的店有五六只缸，小店不过两三尊。傍晚到初夜，一般是酒缸生意最红火的时间。酒客三三两两，络绎而至，雅人闲士与引车贩浆者流参杂错落，各得其乐。昏黄的灯光、缭绕的烟雾、酒客的谈谑、嘈杂的市声，也不失为京城生活的一幅剪影。

　　酒缸通常靠里墙横着一面柜台，木质已发黑，柜台右面排列若干酒坛，酒客可根据所好到柜台前酤酒，店员则用酒提，或二两一提（或一两、三两、五两不等）从坛内提酒倾入酒盏，递与酒客。柜台左面玻璃橱内则置酒菜数碟，如炸铁雀（读 qiao，上声）儿、开花豆、拍黄瓜，都是几角钱甚至几分钱一碟，酒客亦随所好选购。

我四五岁时已不惧高度白酒，虽然还谈不上喜欢。父亲偶尔晚饭后兴致忽来，会带上我们哥俩步行至新街口一家酒缸，饮几两白酒。哥哥长我四岁，彼时已上小学，酒量则与我伯仲之间。有一次又去了那家，吃了炸铁雀、花生米，至今不知道那麻雀的内脏是否去除才下锅炸熟，只知道黑乎乎的，香脆可口。我和哥哥每人喝了不到二两，哥哥竟醺然。还记得父亲一路关照："回去不许让妈妈知道，要不下次不带你们来了。"

一九五九年，我已经上小学二年级了。市面上渐渐买不到酒。有一天父亲不知从何处弄到一瓶葡萄酒，置于书柜顶上。下午家中无人，我因好奇且无聊，攀爬上去，取酒品尝，竟然酸甜适口，不觉饮下半瓶。将余酿放回柜顶，便倒头昏然睡去。傍晚，母亲下班回来，见我满脸通红，昏睡不醒，大为慌张，说道："坏了，这孩子发高烧，得赶紧送医院。"爷爷、奶奶、姐姐都来看视，不知所措。这时父亲也下班回家了，嗅到我呼出的气息，又抬头看了看书柜顶上的酒瓶，呵呵笑道："这孩子没病，他喝醉了。"

多年以后，我终于悟出了一个道理：要想成为美食家，是必须付出代价的。一九五七年国庆期间，父亲的金兰契友林应泰自福建来京，二人是中学同窗，已多年不见，父亲自然要尽地主之谊。那一天的下午，全家六口人陪同林叔叔同游北海公园，还在小西天的九龙壁前合影。原定父亲在外请林叔叔晚膳、听戏，母亲带四个孩子回家。可是当公交车到站的时候，我却被那顿未知的美食迷了心窍，大哭大闹，拒不上车。父亲说："算了，让他跟我走吧。"母亲只好含怒带着大姐、二姐、哥哥上了车。父亲携林叔叔与我在前门外一家菜馆晚膳，之后又看戏。那一晚我表现得极为驯顺，因为心知回家后必受严惩。父亲倒是未尝假以颜色，始终一如既往的平易从容。当夜归家亦无事，很快便睡了。第二天下午，仅祖父母、母亲在家。母亲先把门上了锁，倒持一毛掸，厉声斥责我昨日之不守规矩，随即连连挥掸打来。我一边大声哀叫，一边腾挪闪躲，但还是重重地挨了几下。爷爷看不下去，站在门口为我求情，奶奶则添油加醋，说这孩子是得好好打一顿了。

母亲是大家闺秀，祖籍浙江山阴，毕业于通州女子师范，做过教师，对孩子较为严厉。父亲则主张儒家的身教，从无正颜厉色，也从不对晚辈施以笞楚。后来大概是母亲打累了，歇了手。我遂囫囵地过了这一关。

◎ 干果与酒

饮白酒，理想的酒菜要有干果、凉拌菜，冷荤如酱肉、糟鱼之类。过去北京的干果也就是花生、核桃。小时候看父亲喝酒，总有一碟花生米，另有一两样酒菜则不固定。至于瓜子是不能算干果的。二十世纪五十年代父亲曾到大姑家赴宴，姑父是学工科的，不谙饮馔之道。结果上了一道瓜子佐酒，父亲大怒，拂袖而去，从此不到他家吃饭。一九五九年开始，市面渐渐萧条，花生买不到了，后来酒也买不到了。那几年真不知道父亲是怎么熬过来的，我在《京剧史家陶君起先生行状》一文中曾写道父亲与金寄水先生曾到中药店购茵陈酒解馋。到了一九六一年，情况仍无大的好转，市场的柜台上还是空空如也。

记得有一天下午，京剧名伶赵燕侠伉俪来访，赵燕侠方自香港演出还京，因父亲曾撰长文揄扬其所演《红梅记》，特自港购茅台酒两瓶、莱卡铁盒香烟及花生来谢。赵燕侠畏猫，见舍下有猫，大叫一声，转身逃走。家人将猫抱出，赵始小心翼翼进门。当时这几样东西北京市场绝无，父亲虽未形诸颜色，想来内心是非常高兴的。后来王府井的百货大楼开始有花生米罐头出售，但价甚昂，小小一铁罐，竟要价一元一角。父亲每次到百货大楼，总会买一罐。

转眼就"文革"了，经济并无起色，花生还是很难见到。父亲也成了江青点名的"反动文人"，批斗之余，命悬一线，自然谈不到饮馔了。一九六七年冬，我和几个同学偷偷跑到外地"大串联"一个月，由上海到株洲，去了韶山。归途经长沙，见市场所陈列之食物远胜于北京，花生可以随便买，价亦便宜，遂买了一包大花生。经武汉，又买了一小瓶黄鹤楼酒。抵京已是年底，因"文革"渐次转变为各派系权力斗争，父亲得以稍事喘息，居家赋闲。他见我带回的花生、白酒，颇为高兴，夸我说："这孩子懂事了。"

我不懂营养学，干果的成分也不了解，我一直反对吃东西之前非要弄清楚食物所含成分的饮食观。饮酒佐以干果，主要是觉得适口。新世纪以来，国门渐开，外国的干果也逐渐引进，于是吃到了鲍鱼果、夏威夷果、大杏仁、开心果、腰果、非洲的巴旦木、碧根果，佐酒妙不可言，但不宜多。二〇一五年到美国，发现所住的旅店，无论档次高低，早餐的各种干果都是可以随便吃的。

◎ 山西的吃食

很多人认为山西没有菜，即便有也只是过油肉。北京南城有晋阳饭庄，百余年历史，颇有名气，据说还是纪晓岚的故居。拿手菜是香酥鸭、过油肉。如今似乎有些萧条了。

我从总角到壮年是在山西度过的（17—31岁），雁北六年，阳泉八年，因而对山西的烹饪有较多的了解。概括起来，是长于面食，短于肴馔。不过细辨起来，晋南、晋中、雁北又有不同。对于五谷不分的城里人来说，雁北地区是最好的辨识谷物的直观课堂。黍、稷、麦、菽、麻，莜麦、荞麦、胡麻、高粱、糜子、玉米无所不有，小米、高粱、糜子还有黏与不黏之分。清人厉荃《事物异名录》说："黍有二种，黏者为秫，可以酿酒；不黏者黍。"则黍也分黏与不黏。进而推想：大概所有的谷物都有黏与不黏的差异，端视土壤、气候而分别。糜黍，长在地里，实在和野草没有大的区别，由此可以想到神农氏尝百草的不易。因为品类繁杂，山西人的吃法也便多种多样，仅以莜麦为例。代北人最重莜面，认为它耐饥，口感劲实。做法即有莜面栲栳（也叫窝窝、莜面卷）、莜面饸饹、莜面块垒、猫耳朵、莜面鱼等等。当年村里一位老乡吃了一顿莜面栲栳和土豆大烩菜之后，酣畅淋漓，举手向天，突发感慨："那老汉八成日经莜面大山芋。"他的意思是毛主席大概天天都能吃上莜面大土豆。逢年过节，丧葬嫁娶，村里最隆重的食物是炸油糕。做法是将黍子脱粒，磨面，然后以少许开水淋湿，用手抓起，一块一块放入笼屉，蒸十分钟；置案板上，蘸少许胡麻油，以双手用力揉搋（当地叫裁糕）；约三四分钟，裁成浅黄润泽的一整块长方体；再分成剂子，包入豆沙或野菜馅儿，用胡麻油炸。食之外皮酥脆，里面软糯黏香，较之天津的耳朵眼炸糕，别是一种风味。裁成不炸，置于炕桌上，每人持一碗烩菜，用筷子一块一块夹入碗中，蘸着烩菜汤汁吃。这叫黄糕或者素糕，也属上等的食物。至于扁食（饺子），是只有大年夜才能吃到的。那是匮乏时期，农民一丁一年只分一斤多胡麻油、十来斤小麦（磨成面粉则不足十斤），每到年底才能从上缴的整猪中返还一斤多肉，用来过年，平时是没有肉吃的。鸡蛋则须卖掉，用来购买灯油、针线等日用必需品，所以吃一顿炸油糕已是非分之想。

我下乡插队的村子叫四里庄，属雁北地区山阴县山阴城公社（今朔州市山阴县古城镇），时值一九六八年十二月，已满十七岁。据说四里庄的村民本来都是给古城镇里地主富农扛活儿的长工，年深月久，便在距镇四里的地方形成了东西两个村落。相隔一里，东村郭姓为主，西村刘姓为主。世代繁衍，到"文革"时，已有四百余人。每村一井，仅敷饮用。其地苦寒，盐碱充斥，耕作原始，粗粝齑盐。村中老乡晤面打招呼，问："咋去呀？"答："受。""受"，即受苦，盖以为本分也。我到村里的头天傍晚，被安排到一户农家吃派饭。大约傍晚时分，村中已是漆黑一片，上炕坐下，则有一灯如豆，依稀可以看见还有几个小孩站在地下。主人陪我吃了一碗黑乎乎的似乎是面片的东西，就着一碟齑菜。后来才知道是莜面加玉米面片，已经是较高级的食物。其他人吃的则是玉米糊糊。那时连公社也没有电，老乡们吃了晚饭，为节省灯油，晚上七八点也就睡了。

检当年日记，颇可见食物之简啬匮乏，如一九七二年五月三日："早兴，盥洗毕进早饭。小米稀饭并玉米面块垒，旋与光和前去拉土垫场院洼地。……中饭食窝窝、干菜、土豆。"五月四日："早起，进粥汤、窝头……午饭仍为窝头、山芋丝凉菜。"五月五日："又往圪垯上修渠，手磨两泡，感痛楚。落日衔山乃返。旋饭熟，屋内食汗下通体，共出天井围坐一桌共进团子，稀粥内小米已粒粒可数。面对食物罗列满前，杂以色彩鲜艳之蘁菜，余忽思若远窥必以为珍馐美味。即道与众人，均有同感，大笑不已。"日复一日，因为没有油水，又值弱冠之年，故饭量极大，一日可食三斤粮食。吃顿好饭，几乎是每个知青的梦想。记得有一年春节回京过年，在叔叔家吃饺子，竟从容地吃了一百个。事后叔叔评论道："吃相极优雅，但食量实在令人惊悚。"叔父讳麐，字君豪。一九四七年考入辅仁大学中文系，是唐兰、萧璋、余嘉锡、周祖谟的弟子，大一国文的教员为启功（与我祖母有亲）。

下乡三年以后，有一次因为馋得受不了，吃了半只瘟鸡，事先知道它有病。结果坏了肚子，连续多日，每天要如厕二三十次，缠绵床榻，虚弱到几乎起不来。后来到北京，诊断为慢性肠炎。连续几年，每到秋日必犯，必输液。

同县插队的知青主要来自两所中学，男校为北京四中，女校师大女附中，都是北京的顶尖黉序，当然也是"受资产阶级教育路线毒害最深的学校"，故被指令到最艰苦的雁北"接受贫下中农再教育"。这四百多人被分到三个公社，其中干部子弟约占三成，知识分子子弟近半，此辈大抵家境尚好，属吃过见过的阶层，所以到此贫瘠之地一段时间以后，便挖空心思改善伙食。囊橐稍丰盈者，往大同购腊肉数条，与北京带来之大头菜同炒，味颇佳。贫窭者偷鸡，然偷鸡亦不易。余曾握小米一把，入玉米地，八九月间，玉米已一人多高，见家鸡数只，逡巡觅食。乃掷下小米数粒，冀鸡来食，顺手抓取。而鸡甚狡黠，似预知来者图谋不轨，啄食小米后，迅即振翅逃逸。数番设彀，皆无功而返。后来有一天，馋涎难遏，见邻居一只鸡，步入我们知青的院落，于是撒小米，将其引入屋中，旋即闭门。褪毛切割，入锅烹煮。不一时，已被数人狼吞入腹。而邻舍竟未问罪，殆以为遭黄鼠狼窃去也。迄今思之，仍觉愧对乡亲。同时也悟出了马斯洛的一个理论：人在基本的生存需要得不到满足的境遇中，是无法要求他高尚的。

下乡三年后，知青的队伍开始松动，少数高中同学应招往县工厂如焦化厂、水泥厂、化肥厂做工，极少数幸运者被选中为工农兵学员入高校。村与村之间知青的联系走动亦渐多。人心浮动，去意初萌。我就是在此期间吃到了一顿东辛庄知青自制的中西合璧的宴席。一九七二年十月一日日记（晴 阴雨 星期日）：

> 早兴，四人跋涉至东辛庄，众均在，忙碌于伙房。此次宴会盖一为国庆，二为时作民、王稼祥、王辛、王世京、沙宁五人饯行，渠等均报名往县工厂。谈话至午后一时许，始就绪，西菜为主。铺一床板，琳琅满目。有克宁烹制之炸猪排、日本肉卷。香酥鸡、叉烧肉并诸人烹饪之滑熘肉片、糖醋肉片、狮子头、炒肉丁。女生做一沙拉，味尚可。雪白馒头。众人早已迫不及待，不暇顾酒，疯狂饕餮之。安办老李亦在。余夙喜西菜，诸菜味均合口，食无算。食毕纷纷引吭高歌……

这里要说明的是，炸猪排必须外裹的面包渣是用烤过的玉米饼掰碎替代的，居然觉得和北京新侨饭店的炸猪排差不多，而如此丰盛的美馔四年中实未尝有。亲掌庖厨的同学名张克宁，为初三同学，高我村知青一届。一九七三年为工农兵学员，后考入社科院成法学硕士，再入北大获国际法博士学位。任厦门大学海洋政策与法律中心主任，外交部条约法律司法律顾问，国际海底管理局首席法律事务官。东辛庄距四里庄十余里，俱属山阴城公社，两村同学时相过从。

后来我到了阳泉矿务局做中学教员，月入三十余元，可享受一天四两白面的供应标准，真觉得上了天堂。还可以吃到刀削面、抿蝌蚪、抿蛆（似北京的拨鱼儿，用笊篱漏下和得较稀的面，形状略似蝌蚪，入汤锅，煮熟加臊子）。学校食堂一周可食一次过油肉，要价五角。甚至亲眼见过街边一位师傅，面对沸腾的大铁锅，光头上顶着一块和好的面，两手各持一柄瓦片样的刀，左右开弓，将头上的面纷纷削入锅中的壮观场面。

二〇一八年八月酷暑间，当年同班同学同在山阴插队者，相约重返四里庄，亦有女附中插友及未到山西插队之同学共十九人偕往。自京聚齐，雇旅游大巴一路西行，经正定、五台抵山阴，暑气全消。相隔四十四年矣，村中面目一新，东西两村已浑然一体，旧日之土坯房变作砖瓦房，村民尽享自来水，曩日之盐碱地倏忽不见，弥望皆野草绿树。村民可用微信，时见汽车经过。村中皆老年男女，绝不见青壮年，盖皆外出打工也。万万没有想到的是，村中六七个老翁，竟然老远就喊出了我的名字。听到那浓重的乡音，互相端详着那皤然的鬓发，顿生不胜今昔之感。

归途游应县木塔、恒山、云冈，宿大同。有关大同城市改造、仿古建筑之得失人言啸咋，毁誉两歧。以余观之，今日之大同市容较之昔日实有天壤之别，旧日之扑面煤尘与狭仄陋巷已为清爽云天与整饬街衢所取代。晚餐于鼓楼东街老火锅店，精致之传统晋商庭院。菜颇考究，若凉粉、芥末堆、猪手、酱牛肉等冷菜俱中规中矩，热菜竟有焗鲍鱼、清蒸鳜鱼等江海之鲜，中一铜火锅，牛、羊、豕、虾并多种蔬菜已铺排满瓿，肉香四溢。饮二十年青花汾酒，当日同班同学萃集一桌，谈笑风生，洵盛会也。

翌日晚，众又萃集鼓楼凤临阁酒楼，此处号称"大同第一菜馆"，源出明武宗正德帝之传闻，云其在位其间，屡赴大同，盖歆慕"口外三绝"之一"大同婆娘"也。明人谢肇淛《五杂俎》载："九边如大同，其繁华富庶不下江南，而妇女之美丽、什物之精好，皆边塞之所无者……谚称蓟镇城墙、宣府校场、大同婆娘为三绝云。"沈德符《万历野获编》"口外四绝"条亦云："大同府为太祖第十三子代简王封国……故所蓄乐户较他藩多数倍，今以渐衰落，在花籍者尚二千人，歌舞管弦，昼夜不绝。"传说武宗至大同，狎当地名妓李凤姐，凤姐乃于衣上绣凤凰，谢绝章台，转业酒楼。京剧《游龙戏凤》即据此传闻改编。今之凤临阁，亦据此传闻营建，雕梁画栋，楼阁相连。飞甍碧瓦，有翼有严。浓漆重彩，红紫相间。几案箫鼓，望之俨然。店中菜亦精致，且不失本地风味，荞麦凉粉、多种烧卖、炸油糕、过油肉，皆属平庸食物而精工细作，又有烧牛尾，似毫不逊于京城鸿宾楼之红烧牛尾。众仍饮二十年汾酒，所谈多当年四里庄、合盛堡插队时趣事，频频举觥，畅叙旧情。

2020 年 1 月 5 日星期日

◎ 河 南 菜

宋人的笔记几乎没有不谈饮食的，而且往往很有趣。若罗大经《鹤林玉露》所载"蔡京包子厨中人"与洪巽《旸谷漫录》所载"京师厨娘"事，都是借饮食以揭橥政治、世风的绝妙史料，至于《东京梦华录》《武林旧事》《梦粱录》《都城纪胜》《西湖老人繁胜录》等侧重实录的笔记，则更不啻珍贵的两宋市井风俗志。

不过，以这些笔记中所记述的琳琅满目的菜肴衡之今日的河南菜，难免令人有不胜今夕之感，即使旧日享誉北平的河南菜馆厚德福如今也难觅踪影了。

当下说起河南菜，人们通常会举出烩面以为典型。窃忖烩面尽管精致，究竟属于面食，似不便作为一地菜肴的代表。又如洛阳水席，据当地文史专家扈耕田教授（其博士出余门下）云，水席乃旧日贫窭下走之辈所食之物，率加汤水，不登大雅。那么，哪些菜可以作为特色呢？我以为黄河鲤鱼、蒸菜、套四宝差可。首先，河南菜仍宜以开封执牛耳，洛阳、郑州次之，原因在于开封毕竟是中国文化巅峰时期的北宋都城。《诗经·小雅·六月》云："饮御诸友，炰鳖脍鲤"。是说周宣王时，尹吉甫征猃狁凯旋，宣王用超规格的宴席为其庆功，"诸友"包含了吉甫的亲族，鳖和鲤则是天子也不常享用的极品，鳖是炖了，鲤鱼则是吃的生鱼片。如今开封的宴席，总少不了一道黄河鲤，或干烧、或酱焖，也有油煎后置砂锅内烹煮，汤色奶白者。不过平心而论，鲤鱼实在没什么好吃的，一是刺多，二是总有一股土腥气，较之江中的白鱼、河豚、鳜鱼、江团逊色不少，更遑论由海入江的鲥鱼、刀鱼了。然则，鲤鱼的名贵主要不在口味而在于文化，华夏农业文明的发源地在黄河流域，鲤鱼又是河中最端庄的鱼。故《诗传大全》说："《尔雅》释鱼，以鲤冠篇。而《神农书》曰：鲤最为鱼之主"。所以，宴席中的鲤鱼主要不在于味，而在于礼。

蒸菜，除了河南，似乎外地绝少。湖北有沔阳三蒸，三个小笼屉连为一体，一鱼、一肉、一菜，皆蒸食。可是河南的蒸菜，没有鱼、肉搭配，就是蔬菜切丝，洒上面粉蒸食。为此，我专门请教了我的师弟刘国辉，他曾挂职安阳副市长两载，熟谙中州饮食。他告诉我：安阳殷墟出土的三连甗，即是蒸器。检《六家诗名物疏》云："《考工记》陶人为甑，实二鬴，厚半寸，唇寸，盆实二寸，厚半寸，唇寸。甗实二鬴，厚半寸，唇寸七穿。《方言》云：'甑自关而东或谓之甗，或谓之鬵，或谓之酢诚。'按：鬵本釜属，故可以烹鱼。甗亦曰鬵鼎，上大下小若甑，亦曰鬵。盖异物而同名耳。"这种叫作甑的食器，体量较大，可以上蒸下煮。蔬菜添加面粉蒸食一则是以示节约，二则也是为了保持菜的水分。看来河南人真是执著地传承着祖先古老的饮食传统。

套四宝，久闻其名而缘悭一面，以至于在拙著《采菊东篱》中曾有想象性的描述[1]。今岁入冬后，应河南大学之邀，赴开封讲学，晤郑学、冯珊珊伉俪。二人二〇一六年同获南开大学博士学位，珊珊出余门下，今同在河大为博士后。郑学知余至，特为预订当地之百年陈家菜，共享套四宝。该店处开封东郊大花园 176 号

---

① 陶慕宁著《采菊东篱——诗酒流连的生活美学》，江苏人民出版社，2017 年，第 131 页。

院，周边景象，宛若乡镇集市，而陈家亦如今日农家之院落，与"五代御厨""中华御厨"之标榜不甚匹配。主厨名陈长安，头衔众多，若烹饪大师、国家级评委、IFBA国际餐饮协会河南分会副会长、河南省豫菜文化研究会首席技术专家等，不一而足。据云烹饪家法已有五代传承。一日只做两席，午晚各一，菜品固定，定银千元。适合六到八人，不能点菜。

是晚同席者除郑学优俪，尚有河大侯运华教授，亦洒落之士也。菜乃八凉六热，冷盘觉平平，未见殊色。内亦有蒸菜一盘，饮五粮液。历半时许，套四宝上，一不锈钢浅锅，径约尺半，注高汤，中仰卧一鸭，腹中为鸡、鸽、鹌鹑，皆去骨，依次填入鸭腹，窃忖应是先蒸后煮。以箸插入腹中，即豁然擘开，口感软糯醇厚，有本色之美。汤颇清鲜，堪称上品。唯四禽浑然一体，已难分辨甲乙。又有金玉满堂一味，内置油炸虾蓉丸子，色金黄，外则以糖稀凝结勾连之圆网覆之，俨然若银丝罩，洵美型也，罩可食，味亦佳，实佐酒之妙品。以下扒鱼肚、干烧鲤鱼，皆中规中矩。谈甚快，惜座中仅四人，不能尽肴馔。

◎ 徽 菜

一九八三年春，我在南开读研。校方有一笔每人三百元的考察费，在当时颇不菲。我得以借此南游，去了徽州、登了黄山。但对于徽菜，除了咸，没有留下很深的印象。九十年代末，曾到安徽大学开会，会议组织到黄山旅游，途经绩溪县城，吃了一桌土菜，竟然多是不知道的食材，而味道绝美。又到休宁古街食臭鳜鱼及当地土菜。新世纪初，又曾游六安、歙县、黟县。在京津两地，亦尝就食于徽商故里、徽州小镇、胡氏宴。徽商故里属高档餐馆，京津皆有。仿徽派建筑，白墙黔瓦，高台阶，大屋脊，门口皆有一对石狮。菜则臭鳜鱼、一品锅、石鸡石耳、问政笋、老鸭汤，皆中规中矩，盖食材多自皖地运来，故价不菲。其他参鲍燕翅亦颇有，价甚昂，本非徽菜，故置不论。徽州小镇天津未见，在京则有鼓楼西之本店与北土城惠新西街东之分肆，菜亦不恶。天津之胡氏宴，品斯下矣。若一品锅，内仅笋干、猪肉、蛋饺、豆腐等四五味，且颇咸，难称一品。

二〇一九年中秋，相约三名当年四中的同窗：刘世定、梅燕生、毛胜英，先聚于燕生郑州别业，旋自驾南游，经六安、安庆，过江游南屏、歙县、太平湖，登天柱、九华，再返肥西之三河古镇，凡十余日。遍尝徽菜。一路兴致盎然，且对徽菜有了更深的体味。

窃忖徽菜当孕育于皖之江淮两岸，而以南部为主。盖其地多山，水系纵横，故鱼虾笋蕈，随处皆有。仅以笋而言，即有春笋、冬笋、笋干、笋衣、烟笋等多种，各臻其妙。又如银鱼炒蛋、银鱼韭菜羹，皆极鲜美，可与苏杭的银鱼莼菜羹媲美。其腌腊之味，亦自成一格，虽不似苏沪一带之精致，却别有一种乡土之朴厚。徽菜之器多用石锅、陶盎，炖煮多于烹炒，故味醇厚，而偏咸。咸，盖宜于保存，亦示殷富也。明人谢肇淛《五杂俎》云："富室之称雄者，江南则推新安，江北则推山右。新安大贾，鱼盐为业，藏镪有至百万者。其他二三十万则中贾耳。山右或盐、或丝或转贩、或窖粟，其富甚于新安。新安奢而山右俭也。然新安人衣食甚菲啬，……惟娶妾、宿妓、争讼、则挥金如土。"新安，即徽州一带之古称。明代中叶以后，徽商的足迹遍于大江南北，在全国各地的商品流通领域发挥着重要的中介作用。他们的转运贸易活动既密切了生产与消费的联系，也使自己的囊囊渐渐充盈。他们既是商品的直接经营者，又是商品的有力消费者。徽菜，也便跟随他们的足迹落户于全国各地。

古人饮食中，盐与茶并不像今日之方便，倘逢战乱，道路阻隔，便可能断绝茶、盐之供。如贵州的酸汤鱼，大约就是因为战争，阻隔了盐路，当地人不得已的变通。

◎ 皖南游日记

2019 年 9 月 13 日　晴

早膳毕，约十时，由胜英（毛胜英，中学同班同学，居深圳）驱车南行。黄昏时抵六安，下榻车站附近一酒店，设施较好。旋出觅餐馆。值中秋，路边饭馆颇多，一女子盛情邀入一店内，复引入二楼单间，胜英言空调不冷，复引入三楼单间。以其热情过度，终于起疑，决然去。至一土菜馆，内生意火爆。皆阖家来过中秋者也。余四人宴于此，饮古井贡酒，菜有臭鳜鱼，味不甚佳。笋干烧肉、黑猪肉，皆可。

2019 年 9 月 14 日　晴

　　早膳毕，驱车南向，及午抵安庆。于一小餐馆午饭。此地罕见有面馆一类快餐店，多炒菜米饭小馆。食毕前往市政府招待所，会文翔（徐文翔，安庆师大文学院副院长，博士出余门下）。与其妻、长子任之、次子安之晤面，甚亲切。文翔已为吾四人排定住处，每人一间，宽敞周至。小憩，文翔留酒店略话。午后同出步行游菱湖公园，内碧波荡漾，绿荷涟漪，一派江南风物。湖面朗阔，亭台参差。有黄梅戏巨擘严凤英墓。旋入安徽师大校园，观文翔办公处——原安徽大学红楼，内展示之安大历届教授之照相颇可观。晚文翔设宴于贵宾园为吾四人洗尘。菜有炸刀鱼、清蒸白鱼、黄鳝、虾仁、炒蟹，颇丰盛。饮二十年口子窖。尽欢而罢。又相携至江边一览。

2019 年 9 月 15 日　晴

　　早饭后，文翔驱车径赴天柱山，一路风景宜人，十时许抵山下。乘缆车至高处，但见山势嵯峨，一柱擎天，绿树葱茏，层峦叠嶂。诚佳盛也，不愧汉代之南岳。因山路陡峭，足力不胜，胜英特为予雇一滑竿，价一百六十元。又攀升数百级，世定（刘世定，中学同班同学，北大社会学系教授）且欲体验抬滑竿之感受，抬十余米。近山巅，滑竿止，而山路险峻，虑不能登，乃坐一亭内休憩，候彼四人。近一时许，文翔自山顶返，接余下山至索道处，会齐刘、梅（梅燕生，中学同班同学，炮兵上校，居郑州）、毛，复驱车返安庆。文翔设晚宴于其家附近之日式料理店，其妻并二子皆预席。又颇丰盛，此番来皖，文翔破费极多，心甚不安。而文翔处之泰然，师生至此，亦足欣慰。席终，与文翔辞别。

2019 年 9 月 16 日　晴

上午至黟县南屏，入住菊豆酒店，盖民居改造而成，有院落，四周平房，设为旅舍，尚觉幽静。与胜英同舍。即于店家进午膳，店家所居为明代典型徽派民居，天井高阔，木雕檐壁，古意盎然。食毕，胜英午睡，与世定、燕生徜徉村内，但见巷陌纵横，高墙黑瓦，时有祠堂显露，如叶氏支祠，始建于弘治，迄今已五百余年。又睹张艺谋当年导演《菊豆》之场地——奎光阁。为燕生购当地米酒一斤，以其不能饮也。晚复宴于酒店店主家，有臭鳜鱼、笋，又有一介乎鹅鸭间之炖物，当地谓之"饨"。悬揣仍乃鹅之一种。饮酒畅谈甚欢。明日世定将赴沪开会，不无遗憾。世定饮酣，携手步出酒店，一足跌入路边沟中，牵余亦倒。幸无大碍。

2019 年 9 月 17 日　晴

上午游酒店左近守拙园，此园号称陶渊明故居，实不免附会之讥。然园内极清幽，亭台楼阁，掩映绿荷，湖水涟漪，身心俱爽。胜英旋驾车，近午抵歙县，入住文翔推荐之披云山庄，此店依山傍水，风景殊胜。即于披云酒店食徽菜。饭后乘车送世定至黄山火车站，依依惜别。

夜与胜英、燕生同游徽州古城，此地十数年前，曾与闻蕉同来，若许国之牌坊、江上之小艇，依稀尚有旧时之风貌，而人事已非，思之不觉黯然。此处新建一徽州府衙，望之俨然，依稀仿清初之建制，然不过十数年历史。假古董充斥，亦地方政府吸金之举措也。

2019 年 9 月 18 日　晴

上午三人同游歙县博物馆，此处十数年前曾与闻蕉同览，为一私家园林，依山而建。今乃改做书法展览处，多明清安徽士大夫之碑刻墨迹，亦足珍贵。午后退房，驱车赴太平湖。及抵，但见湖水一碧万顷，街边店肆错落，静谧祥和。入住湖左近锦翠大酒店，实农家旅舍也，较简陋。闻此湖盖七十年代所修之水库，有村落湮没水底，而今已成旅游景区。午饭后小憩，下午五时许，同出游湖。湖中有一栈道，而四时半已封闭。冒险攀越已拉起之吊桥，从容沿栈道漫步，两边湖面开阔，水似颇深，时有大鱼游过，风景甚佳，而周边阒寂无人。盖中秋方过，恰处旅游淡季也。历一时许，沿原路返回。攀爬吊桥更为艰险，幸勉强逾越。晚餐于湖畔一小店外坐，食材皆取自湖中，有鱼、虾、笋，皆鲜美。饮古井贡酒，谈谑甚欢。

2019 年 9 月 19 日　晴

上午乘船游湖，周遭风景固佳，而罕人文景观，湖中三岛，意图造就人文历史，然不伦不类。近午始返，殆三小时许。午后又驱车达池州青阳县城，入住索菲特大酒店。旋随胜英往九华山，经当地一妇女导引，得从小路入观九华山大佛，高九十九米，韩国人捐建，甚巍峨。晚返青阳，食当地土菜，萝卜、笋，皆味美。

2019 年 9 月 20 日　晴

上午同登九华山，此为佛教四大名山之一，奉祀地藏菩萨。山甚辽阔，连绵起伏，层峦叠嶂，乘缆车至上端，尚有九百余级，望之悚然。竟攀登至顶。此山远高于天柱，余于天柱虽乘滑竿，未能登顶，反徒手攀缘达于九华之巅，殊可纪念。午后燕生驾车北返，因未设置高速路导航，只得沿省道驱驰，沿途多大货车，且多红绿灯，不能畅行。渡江又乘轮渡，抵肥西三河镇，已晚八时。此处亦文翔推荐，镇曾遭二十世纪六十年代大水，幸未湮没。今地方政府大力修缮，乃成三河古镇，巷陌纵横，古意盎然，小桥流水，灯火灿然。入住上河城大酒店，仿古建筑也。出游市廛，于一餐馆食当地土菜，饮三河米酒，味颇不恶。

2019 年 9 月 21 日　晴

早膳后，同游古镇，但见商铺鳞次栉比，售三河米酒、米饺者比比皆是，又有戏楼、大夫第。一河贯通全镇，房舍规划整洁，皆仿古建筑，洵可为旅游胜地。午后退房，沿高速北返。七时许抵郑州，晚燕生请余二人食韩式料理自助餐，人仅五十元，而菜品甚丰，且免费提供酒水。物价之低，真出想象。夜宿于燕生宅内。

◎ 湘　菜

　　湘菜属八大菜系之一，古人所谓酸苦甘辛咸——
"五味"之辛，较鲜明的体现于湘菜。说到此，我便常
替湖北菜不平，同为楚地，阡陌相连，热干面、鸭脖、
小龙虾就不说了，纵是甲鱼、鮰鱼、腊肉，似乎也并不
输于湖南，何至要崇湘抑鄂呢？后来逐渐也就想明白
了，盖湖北地跨江汉，西接川陕，南连湘赣，北倚河
南，东傍安徽，确实不易在饮食上独树一帜。

　　二十一世纪初，曾至湘潭大学开学术会，欢迎午宴
设于校内一礼堂，摆了几十桌。巧遇好几位南开毕业的
博士、硕士，欣然合坐一桌。但一位职员走来邀我到主
桌就座，我说已经找好酒友，不去了。隔了一会儿，他
又来强邀，说是座位已经排好了。无可奈何，只得前
往。一位校领导主席，其他都是来自各地高校的教授。

菜品与他桌并无差异，只是酒不同，别的桌都是玻璃瓶的浏阳河，只有此桌上的是深蓝色釉的瓷瓶浏阳河，五十度，竟颇佳。菜是湖南风味，但并没有想象中的辛辣，可能是考虑到五湖四海来宾的口味吧。

此行受到季水河教授、雷磊教授的热情接待，派专车送我一路游韶山、滴水洞，一位研究生陪同。一九六七年大串联时，我曾经株洲到韶山一游。时隔三十余年，如今此地已面目一新，道路整饬，秩序井然，唯游人如织，不减当年。路近韶山，街道两旁鳞次栉比都是毛家菜馆。入一家吃了午饭，是当地的土菜，觉滋味平平，服务亦不冷不热。盖此地餐馆每日接待游客无算，见多识广，利润丰厚，故不大在意我等零星散客也。

印象深刻的是会间某晚季水河教授召夜饮，乘车至一餐馆，同席有雷磊教授、左东岭教授，共六人。饮五粮液，菜颇有特色，一道涮毛肚清脆爽口，蘸以辣汁，佐酒甚妙。其他诸菜亦佳，窃忖此处应是湘潭颇具地方特色的菜馆。

京津两地，湘菜馆不少，若曲园，光绪间始创，后迁来北平，已百余年历史，据说俞平伯先生的婚礼即在此店举办，想来或与其曾祖俞樾号曲园不无关系。二十世纪五六十年代，曲园开在西单大街，父亲带我们全家去过两次，因为年纪小，未谙品味，不甚喜欢湘菜的味道。倏忽便过了一甲子，庚子疫情期间，滞留京城，至四月，防控稍宽，可以有限地堂食。武侠文学学会会长刘国辉设宴阜成门外曲园，商议书籍出版事宜，派车接余。八人会齐于中国大百科全书出版社，诣曲园，络绎入内测体温、扫健康码，旋登楼，但见厅堂宽阔，楹柱俨然，而阒寂无人，二三服务员静立。入一单间，刘会长命余点菜。第一道点的是酸辣肚尖，特别叮嘱要厨师长做。以下点了剁椒鱼头、东安子鸡、腊味合蒸、尖椒肥肠等等，东安子鸡、腊味合蒸皆无。酸辣肚尖呈上，因火候稍过，脆嫩俱无，远不及马凯餐厅之水准，而要价一九八元。殆疫情期间，食材储久，自然逊色，食客寥寥，餐馆勉强度日，置办一席，已属不易，遑论其余。又，老字号餐馆挟名自重，不思改良，因循敷衍，质次价昂，此又不独曲园一家如是。

相比之下，开在长椿街的马凯餐厅则人气旺盛得多，马凯也是老字号的湘菜馆，二十世纪五六十年代直至世纪末一直居于鼓楼南街后门桥西，后因修地铁，迁往长椿街。这两年，我与当年四中的几位同班同学，还有高中的李宝臣兄在那儿吃过四次，宝臣兄是京城历史专家，毕业于北大历史系。每一次都点了酸辣肚尖，但也只有一次口味惊艳，其他三次都是火候拿捏稍逊。最佳状态是口感奇嫩，一咬一股水，而酸辣适中，汁液溢满舌吻。价格初为九十八元，后来升至一二八元。其他若剁椒鱼头、东安子鸡、炒腊肉也不错。据说马凯不久将会迁回鼓楼原址了。

天津也有不少湘菜馆，二十年前，平山道上有一家湘湘水鱼城，以烹制甲鱼著名，其实腊味合蒸、剁椒鱼头、萝卜干炒腊肉都很好，价亦不昂，每日食客盈门，但后来不知什么原因忽然关张了。南开大学附近长实道亦有湘土情、湘芙蓉等湖南馆，从我的研究室步行里许即可达。湘土情开得早，我曾几乎把那儿当作食堂，一年中去了四五十次。菜则稍微粗疏，价甚廉。常常招呼几个研究生到那里小酌。后来有一天，从湘土情食毕出门，灯火已阑珊，忽见对面三层小别墅挂出湘芙蓉的招牌，心想：这不是要唱对台戏么？转天即往尝试，见环境规格皆胜于湘土情，菜品亦较讲究，价稍贵。后来便常常来此，而不再入湘土情。大抵湘菜馆到了北方，普遍都要减辣，以适应当地人的口感。只有一家开在水上北路的映湘红餐馆，二十年来坚执纯正湘味，很多调料如各种辣椒都是从湖南运至，厨师也是正宗的湘菜师傅，去过两次，辣得不敢下箸。我有个朋友赵威忠，加拿大籍，在吉林山野租地牧猪，饲料都来自山林，饮泉水。他与映湘红的老板熟识，有两次他亲自携带牧猪肉、林蛙、獾肉，来此交厨师烹制，我有幸与席。食材甚好，风味果然不同。红烧肉极佳，涮林蛙颇鲜美，唯獾肉质偏瘦，颇费咀嚼。

◎ 粤　菜

　　没有吃过正宗粤菜的人恐怕很难称美食家，只在广东喝早茶不行，一味吃北方的粤菜馆也不行，因为食材不新鲜。所以品尝正宗的粤菜还得到广州，到顺德，到潮汕，到香港。

　　童年在北京吃过羊城酒家，没留下特别的印象，二十世纪八十年代天津建了一条食品街，有粤菜馆，去过两次，也觉平平。真正见识品尝粤菜盛宴是一九九九年九月，与导师宁宗一教授、北京的黄克先生、师兄许祥麟同赴中山大学参加学术会议，同黄天骥先生、康保成兄、黄仕忠兄欢聚一堂，拜谒了东南区一号的陈寅恪故居。在中大开了两天的会，第三天转到东莞常平镇，下榻于镇上的一家五星级酒店，一栋栋的别墅，园内小桥流水，还有华丽的洗浴中心，门口四位旗袍女子，长身玉立，娉娉婷婷。当时北方的商品市场尚处于犹抱琵琶的局面，京津两地刚有了超市，也有了 KTV，但普通人还是少有问津者。所以看到东莞一个镇竟然有两座五星级酒店，且如此的华丽，实在有乡下佬进城的感觉。

晚宴即设于酒店餐厅，满满地坐了几十桌。第一道烤乳猪，一巨盘呈上，酥脆甘美，腴润适口。第二道焗澳洲龙虾，身形巨大，足有五斤重，夹一箸入口，鲜醇隽永，不可方物。服务生持轩尼诗酒，食客随饮随斟。又有澳洲鲍鱼，切大片上桌，其壳大如手掌，皆生平所未见，而味道绝佳。私忖粤菜宴席之美，一在食材之讲究，务求鲜活；二在烹调之得法，因材施饪，突出本味。

入新世纪，曾数次前往香港参加学术会议，第一次在香港中文大学，见到了不少内地的同行，晚宴聚集于校内一座大食堂，但香港的大学内一律禁烟禁酒，那次因为欢迎来宾，特批了红酒。对于酒量较弘的我来说，显然意有不足。同席诸友乃纷纷将自己的那杯馈赠与我，席尚未开，面前已积了六七杯。忽然见黄仕忠自远处向我招手，遂离席随他下楼出门，他亦不言究竟，上一轿车，辗转五分钟许，抵一楼，入内，似为食堂，大厅皆小圆桌，阒寂无人，角落一屏风遮蔽一桌，转入屏风，见曾永义先生（台湾大学教授，戏曲与俗文学研究专家，美食家，戏称台湾酒党主席，现为台湾"中央研究院"院士，与余曾有两面之交，且曾为其把盏），不禁大喜过望。同席尚有安徽大学朱万曙教授（现为人大教授），另有中文大学三位教授，皆曾先生弟子。饮茅台一瓶，两升装威士忌一瓶，菜亦精致，疑厨师为外请。席间谈笑风生，大快朵颐。

后来三次赴港与会，皆在香港大学，对于粤菜盛宴体味渐深。通常粤式晚宴不上冷菜，偶尔会有一道潮式拼盘。首道菜通常为烤乳猪，继而焗澳洲龙虾，旋上花胶鹅掌或浓汁鲍鱼，亦有素菜，或竹笙，或白灼菜心，或西蓝花，皆品质精当，服务生分而食之。而后有鱼，多斑类，末道必为鸡，盐炙火熏，味醇厚。二〇一七年十月赴港大参加"二十一世纪的明清：新视角、新发现、新领域国际学术研讨会"。恰值港大中文学院建院九十周年庆典，宴设中环大会堂美心皇宫，达六十席。饮红酒。余有幸以嘉宾居主桌，右为北大潘建国教授，院长吴存存教授时来敬酒。当晚菜单如右：

金猪呈献瑞　　鲜百合明虾球　　响螺瑶柱炖菜

胆　花胶筒原只鲜鲍　鲜果沙律玫瑰鱼球　当红脆皮龙岗鸡　凤凰带子粒炒饭　上汤水饺　合欢团圆露　兴隆甜美点

实则此席主菜亦仅六道，末道仍以鸡收尾，优点是质高味美，分而享之，恰足果腹。不似内地之宴席，每每食后杯盘狼藉，剩馔累累，令人痛惜。

看吴宓等人的日记，当年留美在东北部的纽约州、马萨诸塞州就学的国人似乎很喜欢波士顿龙虾，陈寅恪先生亦如是。但那里的龙虾其实偏小，味道也稍逊，远不及澳洲的。国人真正吃到澳洲龙虾实则不过近二十年国际贸易昌盛以后的事。二〇〇九年，作家王蒙（前文化部部长）来南开讲座，事后校方宴请，席设学生第二食堂三楼，余有幸叨陪末座。一路从小礼堂走来，经食堂楼下下水道，泔水腐臭之气四溢，王不禁掩鼻蹙眉而过。旋登楼入一单间，可容十六人。及第一道菜上，王始稍见喜色，盖澳龙刺身也。腴润鲜甜，佐以芥辣酱油，美不胜收。王尝毕，曰："大学食堂能办成这样，真不容易。"可惜他不知道那天的厨师是外请的。末后的虾尾煲粥亦极可口。这样的吃法我怀疑来自东瀛，中国自古有食脍——生鱼片的传统，却罕见脍虾的记录，窃忖历朝近海并无可脍之大龙虾，而文化传统肇始于黄河流域，罕有至远海捕捞的尝试。汉唐以后，生食锐减，渐以烹饪之繁复为尚，脍之一艺，遂渐为日人所独擅，再反转于中土。我后来在天津狗不理等处又吃过几次龙虾刺身，价昂自不必说，一只要两千左右，普通工薪族难以问津。而物有所值，大抵务须鲜活，入口有弹性。

◎ 鲁 菜

　　如今的年轻人似乎普遍对鲁菜不甚追捧，他们更喜欢小龙虾、重庆火锅等浓烈的口味。时世迁变，各领风骚，也是无可奈何的事。他们可能大多不知道，一百多年来，京津山左的餐馆，始终是鲁菜一家独大的局面，以精致考究，宫廷化的格范执餐饮业的牛耳。

　　总角之时，去得最多的是萃华楼，因为离家近。从寒宅附近建国门内方巾巷口坐上几站公交到灯市东口，过了马路走几步到王府井大街，就看到书法家刘炳森手书的萃华楼大牌匾了。入门左拐是个大四合院，来客都在东南西三面回廊里厢就食，正北的过厅卖酒。父亲每隔两周便会带家人来此就餐，常点的菜有葱烧海参、糟熘三白、松鼠鱼、芙蓉鸡片、干炸小丸子、乌鱼蛋汤。二十世纪六七十年代，一道葱烧海参标价一元一角。还记得有一次父亲点了一道主食——银丝卷，竟然是一根又长又细的面片卷成，可以用手抻开而不断，口感松软香甜。后来下乡插队，回京时凑够了钱，还是总要和同学来此聚餐。中华书局距此不过几步之遥，二十世纪八十年代，曾数次与书局总编室主任黄克先生到此小酌。不过，那种银丝卷再也没有见过。

新世纪初，中国社科院在香山饭店举办"中国古代小说国际研讨会"，来了许多各国的同行，欢送午宴即设于萃华楼原址，众人大快朵颐。又过了几年，这个人称北京第二家的老字号餐馆忽然就关张歇业了。又数年，东华门大街路北一幢楼房，萃华楼在此又重张旧帜。去了两次，菜品大抵维持旧貌，但生意似大不如前。不久，也歇业了。再数年，崇文门外新世界商场内二楼，萃华楼又赫然开张，环境设计投合白领小资的情调，菜品有些调整，不再固守鲁菜的传统，摆盘亦颇具匠心。一时生意兴隆，需前一日预订餐位。我去了四次，或许是自己的口味有了变化，总之是没留下什么印象。倒是有一道最便宜的醋熘白菜觉得不错。

前不久，听说萃华楼终于迁回王府井了，不过是在百货大楼内，生意火爆，有机会一定要去尝尝。

说鲁菜，不能回避号称京城第一的丰泽园。前些年，有一部叫作《传奇大掌柜》的电视连续剧，敷演丰泽园的历史，何冰参演。很不错，特别突出葱烧海参的地位，值得一看。该店位居南城珠市口西，也属近百年的老店了。再往西几步，就是"八大胡同"之一的石头胡同。丰泽园厅堂弘阔，有翼有严，陈设亦古色古香。我童年即随父亲尝过此店纯正的鲁菜，改革开放以后，又曾数次来此饮宴，印象深刻的是其烹饪一直保持着较高的质量，价格自然也是一路攀升。前几年，有位南开的日本留学生找到我，说是她父亲首次来中国旅游，拟到北京，让我推荐一家最有代表性的山东菜馆，再推荐几道菜。我便建议他们去丰泽园，并推荐了四道菜：葱烧海参、九转大肠、糟熘鱼片、烩乌鱼蛋。一个月后，她回到南开又找到我，说是乃父已归国，对于丰泽园的那一餐，尤其是那四道菜十分满意，认为不虚此行。不过，我后来思忖，九转大肠或许是东兴楼的略胜一筹。

北京的鲁菜，还有一家昙花一现的"净雅"不能不说。十几年前，因为有件私事请一位朋友帮忙，遂电话约饭。这朋友是我同系的校友，山东人。他回电说就在净雅吧，告诉了我地址——公主坟与翠微路交口处的净雅酒店。我那天带了一千多元，便去赴宴。同席四人，还有两位校友，单间极雅致。朋友点菜，第一道是煎饼冷盘，可不是山东吃的大煎饼，而是粗粮细作，铺排颇具匠心的一个木制大方盘，一个个小方格，盛着各种青菜、葱酱，煎饼只有两张名片大小。加入葱酱小菜，别有风味。饮五粮液。第二道名赤胆忠心，每位一陶盏，实乃黄焖鱼翅，量颇丰，而汤汁浓郁，味极醇厚。翅亦颇佳，令我油然联想到谭家菜的黄焖鱼翅，觉得难分伯仲。悄悄看了一眼菜谱，这道每位三七五元，心里一下慌了，钱带得不够啊！彼时的手机也还没有智能化。菜陆续呈上，各臻妙境。最后一道是豆豉清蒸龙利鱼，据说是渤海最名贵的鱼。服务员端上近一米长的鱼盘，一条尖喙长身的大鱼侧卧盘中，分而食之，鲜嫩无两。问了一下，一斤要六百多元，而这条鱼足有三斤许。

宴毕，朋友很大度地说："你们都不用操心，我是这儿的会员，签个字就行了。"果然就在一张单子上签了字。后来我接受了教训，请客吃饭一定带足了银两。没过多久，随着高端餐饮遇冷，有"北京第一刀"之称的净雅也渐次萧索，第二年我曾到南小街干面胡同东口外的净雅吃过一次，已经开设了自助餐，每客一百多元，较金钱豹还要低廉，菜的质量自然也不能同日而语了。又过了几年，听说净雅破产了。

◎ 苏菜、浙菜、淮扬菜

这三路菜从地域来看，都隶属于明清两朝富甲全国的南直隶、江南省，不过八大菜系只认其中的两个。要谁不要谁，至今也还有争议。好在"八大菜系"之说，并没有坚实的史料依据，所以不妨放在一起谈。陆文夫写过小说《美食家》，将苏菜之美诠释得淋漓尽致。近世以来，吴越一带，人文荟萃，书香赓续，加以地方富庶，商贸繁荣，美食美酿自然精益求精。不过苏北的徐州、连云港地近山东，那里的肴馔实在和苏菜没什么关系。

十数年前，曾往苏州大学开会，市委书记举宴迎接来宾，第一次吃到了太湖三白，实在是妙不可言。后来又应白先勇先生之邀，莅苏参加青春版昆曲《牡丹亭》的研讨会，自然也是尽享苏菜的美妙。二〇一六年秋，南大徐兴无院长、南开陈洪先生在苏州召集了个神仙会，商酌"中国文化二十四品"丛书的撰写，我因被指定主笔其中一册，有幸与会，下榻于南林宾馆——一所园林式的五星级酒店。当晚便在南林餐厅聚饮，菜颇丰盛，一道银鱼莼菜羹迄今难忘，那种爽滑鲜嫩的口感令人齿颊皆香，由是也就悟出了一千七百年前的张季鹰为了这道羹竟然弃官南归的哲理。其实北方的个别餐馆也售这道羹，不过莼菜都是用罐头，不可同日而语。翌日，苏州大学文学院院长王尧尽地主之谊，在百年老店松鹤楼举宴，带去了几箱大闸蟹，摆了三桌，气氛很是热烈。不过，我对此店的看家菜——松鼠鳜鱼并无特别好的印象，觉得只是图个喜兴而已。

北京的森隆是具有百年历史的苏菜馆，烹调颇为精致。幼时即随父亲多次前往解馋，对其中的两吃大虾、松鼠鳜鱼印象颇深。"文革"中，森隆从金鱼胡同迁至东四十条北边的船板胡同口，更名为江苏餐厅。一九七七年恢复高考，我当时在山西阳泉矿务局一中任教，暑假期间从阳泉回京。某日，到船板胡同探望四中的高中校友李宝臣，他当时借居在船板胡同内一个小院中复习备考，我们相识已有数年，他没有下乡，属"老炮儿"一族，却到雁北和插队的同学流连多日。他读书很多，家中有廿四史，还是位老饕，我视之为学兄。他见我来了，便邀午膳，出了胡同西口，来到江苏餐厅。他点了四道菜：红烧头尾、虾籽蹄筋、蟹黄白菜、鱿鱼三鲜。每一道菜的色香味形都令我至今难忘，虾子蹄筋妙在虾子极鲜，蹄筋柔韧，一箸入口，浓香四溢。蟹黄白菜首先是白菜选材上佳，用北京大白菜芯切细丝，以蒸熟之河蟹蟹黄浇淋，滋味隽永。鱿鱼三鲜是鱿鱼卷、墨鱼仔与虾仁同炒，色莹白，并不用淀粉勾芡，口感爽脆。近年来，到各地苏菜馆点过这几道菜，但再也找不到昔年森隆的烹饪技艺了。李宝臣一九七八年考入北大哲学系，毕业后就职北京社科院，是明清史及北京传统文化专家。

浙菜或曰杭帮菜，如西湖醋鱼，还是适合到西湖边的楼外楼去吃，从三潭印月下面捞上鱼，去腮清脏，片为两半，开水一抄，淋上酒醋即可，吃的是个新鲜。其他龙井虾仁、叫花鸡等等人所共知，不假我一二谈也。这里只说说天津的三六三杭州菜。三六三坐落于水上北路的饮食一条街西边，三层小楼，开了也有二十年了。我曾去过多次，很喜欢那里的菜品。二○○一年夏，金庸应副校长陈洪之聘成南开大学名誉教授，携妻来津。某日，在天津日报社讲座，可能是因为金庸先生口讷或是太太已经听得太多，坚执不听，栖息于公务车内。陈校长乃命我作陪，我问："和查太太有什么可聊的呢？"答曰："美食。"我遂心领神会，陪聊一句钟。晚宴即由天津日报社做东，席设三六三顶层贵宾厅。该店员工闻金庸驾到，群情振奋，竭尽所能。鱼翅鲍参，琳琅满目。经理请教金庸先生喝什么酒，答曰："十六年女儿红。"服务员遂以锡壶温酒，随饮随斟，酒味醇厚。金庸问店东："杭州并没有这个字号的餐馆，三六三是什么意思呢？"店东乃引传说乾隆所作诗"三品六味三更雨"作答，金庸颔首。当晚的菜品类繁多，烹饪精当，花费不赀，但并未给我留下深刻印象，独对一道香橙虾仁赞赏不置。一枚黄橙，去其实，填入湖虾仁，略蒸即呈上。制法略同瓤冬瓜、瓤柿子椒，而橙之香与虾之鲜相得益彰，味与形俱臻上乘。

三六三后来在北京也有了分店，不过，天津的这一家近来似乎不甚景气了。

附：说西施乳

　　《说闽菜》的一篇谈了西施舌，这里说说西施乳。西施乳的名字也是宋人所取，赵彦卫《云麓漫钞》载："《艺苑雌黄》亦云：河豚腹胀而斑状甚丑，腹中有白曰讷，有肝曰脂。讷最甘肥，吴人甚珍之，目为西施乳。东坡云腹腴者是也。"说白了就是河豚的腹部，苏东坡称之为"腹腴"。古人食鱼，认为腹下肥白处最美。杜甫诗有句"偏劝腹腴愧少年"。东坡亦有"更喜河豚烹腹腴"句。《周礼疏》载："燕人脍鱼方寸，切其腴以啖所贵。引以证膴，膴亦腹腴。"这是说两千多年前，燕国人把生鱼切成寸段，专门把肥腴的膴肉敬献卿大夫等贵人。膴即是鱼腹。《汉书》有"九州膏腴"之说，颜师古注曰"腹下肥白曰腴"。

　　河豚产于吴越，沿海及近江内河皆有，是一种爱生气的鱼，稍受刺激，腹部就鼓胀起来，样子极为丑陋。肉味鲜美，是鱼中上品。但肝脏血液含剧毒，若处理不慎而食之，往往夺人性命。苏东坡酷嗜此物，他的《惠州春江晚景》中的"蒌蒿满地芦芽短，正是河豚欲上时"，是脍炙人口的诗句。宋人孙奕的《示儿篇》记载东坡在常州的时候，特别喜欢河豚。城里有个士大夫家善于烹制河豚，请东坡来家品尝。全家妇孺藏在屏风后面偷看，盼望这位大名士一语品题。只见东坡一个劲地下箸大嚼，根本顾不上说话。偷看的人无比失望，只能互相瞪眼。这时，东坡吃完了最后一口，放下筷子，说了一句："也值一死。"结果士大夫全家都十分高兴。这则记载不见得可靠，也有说是在汴京宫里的资善堂吃的，东坡的评鉴是"值那一死"。见《邵氏闻见录》。不管是在哪吃的，东坡喜食河豚可无疑义。东坡虽然满腹诗书，腹笥丰盈，但对于河豚的美味竟然觉得难于用语言概括，所以干脆说"值那一死"。后来的美食家遂据此敷衍出"冒死吃河豚"的俗谚。

我第一次吃河豚是在韩国。一九九七年我在韩国岭南大学客座，有一次教授食堂售河豚，一只陶钵，里面沸腾着白菜萝卜，有两小块鱼，韩国教授崔桓告诉我这是鳆鱼，就是河豚，很名贵。食之果然鲜美，但放了很多最辣的朝天椒，而且鱼太少，未能大快朵颐。后来查书，鳆鱼并非河豚，而是鲍鱼。韩国人将河豚称为鳆鱼，是不对的。第二次吃河豚仍在韩国，是刺身，也即生鱼片，那种美味实在是难以言表，只能用东坡的"也值一死"形容之。

如今，各地的苏浙餐馆皆能烹制河豚，不过几乎都是养殖的了，好处是无毒，但不如野生的味美。如北京的淮扬府、冶春，天津华苑的海驿宏天酒楼，以淮阳官府菜见长，其中河豚的三种做法都是不错的。唐宋府的红烧河豚亦可一尝，价亦不昂。水上北路一家淮阳小馆也售此物，品斯下矣。然以上所举皆养殖之物，去野生河豚之味尚有一间。

附：说宋嫂鱼羹

当今的杭帮菜馆，如西湖边楼外楼，京、津的咸亨酒店，天津的三六三杭州菜，乃至南开大学的专家楼，例有"宋嫂鱼羹"这道羹。不过若追究起这鱼羹的源头，却不在杭州，而在汴州（北宋都城汴京，今开封市）。宋人周密的《武林旧事》记载南宋淳熙年间，孝宗皇帝游幸西湖，"小舟时有宣唤赐予，如宋五嫂鱼羹，尝经御赏。人所共趋，遂成富媪"。又，宋人笔记《枫窗小牍》云："宋五嫂，余家苍头嫂也。每过湖上，时进肆慰谈，亦他乡寒故也。悲夫！"这是说做鱼羹的宋五嫂，本是作者家里老仆人的嫂子。随宋室南迁到杭州，仍然开着小店卖鱼羹，作者见到她，就触发了同病相怜的移民之感，所以每次经过西湖，都要进她的店里叙叙旧，如同"他乡遇故知"。晚明的冯梦龙还把《武林旧事》那则记载敷衍改编成了白话小说《汪信之一死救全家》的"入话"：

话说大宋乾道淳熙年间，孝宗皇帝登极，奉高宗为太上皇。那时金邦和好，四郊安静，偃武修文，与民同乐。孝宗皇帝时常奉着太上乘龙舟来西湖玩赏。湖上做买卖的，一无所禁，所以小民多有乘着圣驾出游，赶趁生意，只卖酒的也不止百十家。且说有个酒家婆姓宋，排行第五，唤做宋五嫂。原是东京人氏，造得好鲜鱼羹，京中最是有名的。建炎中随驾南渡，如今也侨寓苏堤赶趁。一日太上游湖，泊船苏堤之下，闻得有东京人语音，遣内官召来，乃一年老婆婆。有老太监认得他是汴京樊楼下住的宋五嫂，善煮鱼羹，奏知太上。太上提起旧事，凄然伤感，命制鱼羹来献。太上尝之，果然鲜美，即赐金钱一百文。此事一时传遍了临安府，王孙公子，富家巨室，人人来买宋五嫂鱼羹吃。那老妪因此遂成巨富。有诗为证：一碗鱼羹值几钱，旧京遗制动天颜。时人倍价来争市，半买君恩半买鲜。(《古今小说》卷三十九)

羹在古代是极平常的食物，从祭祀宴飨到庶民之食，几乎无不有羹，而且鱼肉蔬藿都可以做羹。现在韩国中年以上的人进餐，依然秉承"无羹不饭"的古意。可以没有菜，不能没有羹。据说西汉前期，麦子脱粒磨面的技术尚不普及，多数人是带壳吃麦子，试想若没有羹佐餐，下咽该是何等的困难。

一种平常的市井小吃，因为特殊的际遇骤享盛名，制作售卖者宋五嫂也因此成了富婆，她的鱼羹具有了品牌效应，并且引发了消费者的家国兴亡之感、黍离麦秀之悲。

淮扬菜享誉全国，据说国宴也是以淮扬风味为基础，还是周恩来总理拟定。扬州是沟通南北的要冲，又是富甲全国的重镇，"十年一觉扬州梦，赢得青楼薄幸名""四十三年，望中犹记，烽火扬州路"。古人诗词中咏扬州的名句指不胜屈，就连《金瓶梅》《红楼梦》也离不开扬州，明清两朝，记载扬州的笔记更是不胜枚举，李斗《扬州画舫录》、捧花生《秦淮画舫录》、雪樵居士《秦淮闻见录》、佚名《秦淮花略》《青溪赘笔》，都写扬州或南京的秦淮河，"腰缠十万贯，骑鹤下扬州"，已成为古人的理想之一。

北京的玉华台、淮扬府、冶春都是有名的淮阳菜馆，玉华台属老字号。据说梅兰芳当年散了夜戏总会去玉华台用宵夜，常点的菜是半边鲥鱼、响油鳝糊、核桃酪。梅是江苏泰州人，属淮阳一带，看来还是喜欢家乡菜。父亲也喜欢淮扬菜，幼时曾随父数次往西单的玉华台解馋，对那里的蟹黄狮子头、鸭包鱼翅、大煮干丝、东坡肉方印象颇深。后来玉华台不知道去哪了，甚至不知道还有没有。直到五年前盛夏一日，几位四中同学邀晚宴，定于北京三环外马甸桥北的玉华台。闻讯甚喜，方知暌隔几十年的老字号犹在，自南城舍下辗转一小时许始达，得晤五位同窗，谈谑甚欢。惜菜味并不甚佳，未孚所望。觉远不及淮扬府与冶春。看来真要享用淮扬菜，还得到扬州。

◎ 津　菜

先说天津话。我的同事石峰教授是语言学专家，研究天津话数十年，认为是北方语言的孤岛。我对天津话感兴趣是在二十世纪九十年代初，一次难得在劝业场一带闲步，路边一位小贩卖书报杂志，吆喝曰："看报，看报啊！'子弹射进对方枪膛，孪生姊妹生出孪生兄弟'。"这话用天津方言来说，十分有趣。我从此便萌生好奇之心，下了不小的工夫学习天津话，如今已基本掌握了要领。

有朋友建议我写写天津菜，想想也是。在沽上整整待了三十九年，自壮至老，大半生栖息于南开大学院内，对天津菜怎么也有点发言权了。不过如今的狗不理、耳朵眼、卫鼎轩、津菜典藏走的都是高端华丽一路，人均消费动辄三四百元，不是寻常百姓随便可以问津的餐馆了。

津菜本没有什么体系，与京、冀一样，都处于鲁菜一家独大的地域范围。不过仗恃着河海鱼盐之利，津沽便有了远胜于京冀腹地的食材，因而也便有了基于鲁菜而又自出机杼的津门特色。以色而言，津菜承袭了鲁菜的澄黄亮丽，如罾蹦鲤鱼，便是在鲁菜糖醋鲤鱼的基础上另辟蹊径，似乎还兼容了苏菜松鼠鳜鱼的技法，色泽更为光鲜。口味则酥脆酸甜，冬夏咸宜。又如面筋，北京的便远不如天津独面筋的腴润隽永。若再来个虾仁独面筋，或是牛肉与独面筋的搭配——黄焖两样，则是既下酒，又下饭，经济且可口的一味。老爆三若烹制得宜，也是物美价廉的美食。腰花、猪肝、里脊肉加葱酱爆炒，可以大快朵颐。

天津人多擅烹调，市井家庭中的丈夫往往亲掌庖厨，且手艺不输于太太。譬如一道熰鱼，做法大抵差异不大，鱼则塌目、黑鱼、草鱼、鲤鱼均无不可，调味用酱，葱姜蒜大茴，慢火炖煮。但各家有各家的味道，各擅胜场。又如虾酱卷子，旧日是连小虾也吃不起的市井下层，将人家的弃物——小虾头捣碎，加盐炒熟，夹葱段裹着卷子或玉米饼大嚼。久而久之，竟颇受市井细民欢迎，成为小食店的必备。再如贴饽饽熬小鱼，也叫一锅出。因天津地处九河下梢，城内外水网稠密，湖汊纵横，随处下网，即可打捞小鱼小虾，即将捞出之小杂鱼，加水，加盐酱调料，入铁锅。锅边贴玉米饼，焖二十分钟，鱼饼皆熟，即可解馋果腹。我一位师兄刘大枫二十世纪七十年代曾在水产部门任职，他说那时候皮皮虾都不算什么东西，两毛钱可以撮一大铁锨。

天津市井小民之家的主政者大多是太太，我悬揣可能有两个原因：一是沿袭礼教男主外女主内的传统，这并非天津独有，只是天津更为恪守而已。二是天津的主妇大多忠而悍，女子一旦嫁人，便矢志不移，忠于夫君，笃于家事，罕有移情出轨之例。所谓"悍"，主要是指天津妇女讲话的声调偏高，语速较快，吵起来老公多处下风。其实这也并非天津独有，上海、武汉、湖南、四川大抵如是，且女子之语言表达能力普遍强于男子，放之四海皆然。只是亲朋故旧相聚，沪上女子会在宴席上给老公留足了面子，回家再收拾他。天津则是当场就要教训，可喜的是天津的老公胸襟开阔，并不以太太的当众揭短为忤。

我的一位同事是现代文学专业的教授，老天津人。有一次夫妻宴请门下的研究生，在平山道的百饺园。太太不许老公点菜，她看上了一道烹大虾，价仅四十八元，便毫不犹豫地点了。众人大快朵颐，食后结账，却是预算的两倍。原来大虾是每只四十八元，她错看成一例的价钱了。结果与店方交涉无果，大为不快地付了账，一腔怨气尽倾于老公，好端端的一席酒宴落得个不欢而散。这是旧话。二○一九年的冬日，我因为要回京过春节，还是这对夫妇为我饯行，席设东方之珠海鲜餐厅，还有另一位朋友夫妇与宴。客到齐了，两位太太寒暄过后，便下楼点菜。我原也没有什么奢望，抱着上什么吃什么的念头，遂颇坦然。良久，终于上了一道菜——拌茼蒿，内有蜇头。大家都不好意思举箸，又良久，上了一道糯米藕。酒是同事带来的，据说来自新疆某酒厂的原浆，以大果汁瓶装二斤许，味道颇不恶，似伊犁老窖而度数颇高。太太们饮红酒，觥筹交错间，又上了几道菜：五谷杂粮、客家豆腐、炒西葫马蹄，总算来了一道石锅牛尾，但多骨少肉，难遏馋涎。最后一道是清蒸鲈鱼，我对此店了如指掌，虎斑、石斑、龙趸、鳜鱼、多宝、鲟鱼甚乃帝王蟹、波士顿龙虾皆畅游于楼下水池，鲈鱼价最廉，因非松江四鳃鲈也，盖亦顺理成章之选。饮良久，同事不过意，悄然下楼加两菜：一粉丝蒸小鲍鱼，每人一枚；一爆三样。主食为蒸饺、煎素包。

我在津的几位朋友同事多年来形成了一个不成文的公约，就是轮流做东宴聚，不拘餐馆风味，只图饮酒快谈，通常太太们是不参加的。当然，如有新发现的且又有特色的菜馆更好。前不久，又轮到这位同事做东，本来选定了上海年代，但太太指示说："不要去上海年代了，水上北路的融聚粤小馆就很好，我前几天刚和某某去过。那儿的套餐挺合适，每人一百一十三，都不用点菜。我已经给你们订好了，就去那儿。"同事无可奈何，头一天知会我了，我自然也无可奈何。此店我曾去过三次，粤菜的特色并不突出，不及粤唯鲜，士英路的鹅城，亦不如奥城的顺德煲仔饭与白堤路的寻味顺德，当然更不能与斜对面的中华炖品同日而语。翌日，五位朋友齐聚融聚粤小馆。谈及当年下乡插队的经历，我六八年被削去京籍，发往代北山阴县务农，苦干了一年，挣了七块钱。而这位做东的同事六九年于哈尔滨市郊插队，不到一年竟拿到三百余元还有半扇猪回津。同为插队，境遇竟不啻云泥。乃边饮边宣泄调侃，众皆大乐。菜陆续呈上，烧腊鸡鱼、茄蔬豆腐、啫啫煲，俱不甚佳，亦不甚恶，倒是同席韦成金兄清唱的一曲"袅晴丝吹来闲庭院"颇为增色。

事后点检此宴，缺少的其实是点菜的环节。三五友朋吃饭馆，去的不是厉家菜一类私房菜、官府菜，若是不许食客点菜，就如同没有开场戏，直接压轴了。

我的另一位同事第三次结婚，婚宴设在学校旁边的泰达酒店，只请了十几个亲近的同仁和一位校领导，同事的姐姐坐在校领导旁边，不断地布菜给这位领导，一边说："校长，您尝尝这个，您再尝尝这个。这个好。"结果领导的手碟堆积如山，几乎没怎么尝。一不留神，被服务员端走了。

天津的西餐享誉全国，盖以开埠较早，租界发达之故。起士林最负盛名，百余年历史的德式餐厅，环境亦优雅，菜品中规中矩。我曾问过一位来南开大学读博的德国研究生，德国什么菜最好吃。他回答："面包。"我说："我问的是菜，不是主食。"他说："您不懂。德国的面包比菜好吃。"西菜的面包确实花样繁多，有些也真是好吃。不过，我还是不解此话的真正含义，难道德国菜就那么不值一顾么？新世纪以来，四楼又辟出法式餐厅，然价较昂。纯粹的法国菜，我个人的体验是西餐越纯粹，越不适于我的口味，因为我不喜奶酪芝士一类的奶制品，沙拉酱除外。河北路的成桂餐厅亦属老店，罐焖牛肉声名远播，品质实不输于北京的莫斯科餐厅，其实别的菜也很不错，譬如芝士烹大虾、炸猪排。平民化一些的西餐馆，苏易士较著名，开在成都道，也颇有年头了，据说属于袁世凯的房产，袁家后人曾经营，看不出菜品的体系，属于兼综博取式，较适合国人的口味，红菜汤、奶油蘑菇汤、土豆沙拉、炸猪排、罐焖中虾、煎鳕鱼都不错，价亦不奢。

自一九九三年晋升高级职称以来，带过五十多名研究生，包括十一名博士生。偶尔会请他们吃顿西餐或日料，一则觉得他们总吃食堂或周边的苍蝇馆，肯定口味单一，营养不良。二则感觉饮食与中国古代文学并非全无关系，既然到了我门下，应该了解一下美食的真谛。再者，师生在一块儿小酌，有助于增进了解，加深感情，有些学问未必一定要正襟危坐才得授受。其实我那会儿也不富裕，每月五六百元。好在一般饭馆价亦不昂，席间谈些轻松的话题，也会像父亲当年口传身教一般，讲一些饮食的要领。后来工资渐长，选择的余地就更大了。可喜的是，我的好几位学生，如徐文翔、丁岳等，毕业以后美食的造诣都不在"乃师之下"。

五年前，在一席酒宴上无意中认识了雷总，雷总讳力，是某集团天津分公司的总裁。二十世纪七十年代生人，毕业于天津理工大学，富而好礼，和气宽仁，于饮馔洋酒皆涵养颇深，更可贵的是，好读书，善思想。爰一见如故，多次聚饮。庚子疫虐以来，其公司惨淡经营，勉强维持而已，而待员工甚厚，从不以上凌下。暇时则周游列国，潜水饮馔为乐。我的有关洋酒的知识全然来自雷总所赐，他府上藏酒无算，各国不同年份的红酒、干白、威士忌、白兰地、气泡酒，从外观、鼻嗅到品鉴、回味，乃至何种酒配何种菜肴，都有擘肌析理的精湛解说。几年下来，我如今也敢在酒宴上对洋酒说个ABC 了。

雷总在津每发现一处特色餐馆，必邀我前往品尝，像鹅城、厚厨、寻味顺德、锦堂烟屿等餐馆都是雷总先发现，而后邀我去的。甚至还曾不惜驱车数十公里，到静海区团泊洼食水库鱼。

相识约一载，某日，雷总邀家宴，欣然前往。当晚菜极丰盛，有雷夫人亲手调制之牛油果面包蟹，鱼虾鸡豕，罗列满桌，余亲手烹炒一睿王府鳝丝，大受赞扬。

同席有赵威忠、张雪冰二兄，皆熟识。饮干白二种，红酒五种，依次为智利、西班牙、法国、澳洲产，各具特色，回味无穷。又有五粮液，专供余过酒瘾。谈甚快，多涉饮食与人性。

雷总一子一女，皆童稚之年，而家教得法，与保姆处别室，终席未曾露面。

近来觉得自己有点像"山人"了。陈眉公？王百谷？潘耒？李笠翁？学问却又不及人家。

某日午间，雷总电召晚间食六月黄，云方自阳澄湖运到。午后有车来接，余因携前日张强送来之女儿红一坛前往。张强者，余嫂之末弟，行六，幼年其家无力抚养，送与张姓，遂不姓朱，行年六十三矣。曾坐牢，今经商，小有成，略读书，晚岁其兄姊复叙伦际，乃往还日密。与余晤凡三面，崇仰余不置。今居滨海新区，不谙黄酒之道，亦不饮。日前驾车来晤，赠旧藏十八年女儿红一坛，云置屋中已十余载。情不能却，回赠普洱茶二饼，上海年代宴请一餐。

席设时代奥城之斑鱼火锅馆，雷总已静候多时，尚有中医药大学之魏主任，雷总友人赵先生（不知其职业，仅知其平日喜羽毛球、健身，东北有地产，种植绿色谷物，牧猪)。南开综治办主任石磊抱坛登楼，馆内并无食客，直入一单间。桌上已摆满数种野生菌类，又有散养猪肉多盘，切薄片。饮意大利干白、澳洲红酒。俄，每人面前上一火锅，盖鱼汤，味颇鲜。既而启坛，馨香四溢。温而后饮，醇美不可方物。坛盛十斤，随饮随斟，回味芳馥，酸苦甘辛。猪肉炙熟，果然不同凡响，似乎找回了当年的滋味。一会儿，六月黄蒸熟，虽未臻最佳，毕竟与女儿红绝配。席间主要谈的是《金瓶梅》的饮食，涉及孙雪娥、宋惠莲的厨艺以及西门庆的嗜好。雷总是洋酒的行家，备述红酒之品鉴要诀，若口感之层次，始而甜，继而酸，终而苦；观感则需有酒线、酒棍、酒泪。杯底需有酒渣、酒泥。口感愈丰富愈复杂愈佳，若入口甘美却毫无回味，必非佳酿。余受益良多，觉此女儿红亦有极丰富之口感。

鱼片端上，十数盘叠放，片极薄。实乃黑鱼也，稍涮，蘸酱料食之，亦佳。及散席，已近夜阑。沿街餐馆灯火绚丽，外皆设桌椅，唯食客寥寥。仅一桌有四白人，各执啤酒一瓶，无菜，已坐两小时许。亦可觇津城经济之每况愈下。

二〇一八年七月二十七日

◎ "五四"食大鲵

昨日"五四"，校中放假，未见有青年学生活动。雷总夫妇邀至士英路鹅城粤菜馆食娃娃鱼（殆养殖以供食用，非野生也）。此处数月前曾一至，亦雷总所邀，食甲鱼。菜品乃顺德一路，津城尚不多见。包间名八里台，恰与南开有缘。同席又有刘总、岳总，皆未知台甫。岳曾一见，似从事房地产业；刘则不知从事何业，仅闻酷爱烹饪，殆皆津门富人也。

少顷，堂倌以大桶盛娃娃鱼一条展示，望之三斤许，蠕蠕蠢动，遂定一半红烧，一半打边炉。雷总点菜，有鹅唇、凉拌山笋叶、客家炖豆腐、煎鱼饼，白灼罗马生菜，又有雷总下属送来之自制腊肠，雷总携干白一瓶、茅台一瓶，余与刘总各携茅台一瓶。频频举杯对酌。饮至半酣，红烧娃娃鱼上，一大钵，内含鸡肉，味醇厚，口感嫩实，果然佳妙。又一大砂锅上，先以半只母鸡入锅烹之，每人一瓯汤，味隽永。俄，俟鸡熟，堂倌以切好之娃娃鱼逐一入锅，鸡鱼合煮，滋味臻妙。同席者读书有多寡之异，谈吐间未免雅俗交杂，亦酒后难得一乐也。饮无算，食无算。夜阑，刘总送余归。

2019年5月5日星期日

雷总邀家宴。下午五时半乘出租抵所住楼盘，天气闷热，因误记楼号，辗转良久，汗出如渖，始寻到。雷总下楼接至居所，晤其家人。赠牛蒡小罐茶一盒、雷司令酒一瓶。雷总此宅，与上次家宴之楼格局相仿佛，居处自是阔大。稍饮茶，赵威忠端一大盍炖鱼来，云自水上公园内钓得，交锦堂烟屿烹制而成。

俄，餐桌已珍馐罗列，满目琳琅。入席，计雷总夫妇、余与赵，又有其家庭英语教师大卫，乃二代移民之中国人，约四十岁，不甚谙汉语。先饮一浅黄色果酒，含苹果、香蕉、柠檬味，颇宜餐前饮。菜甚精，有炸全蝎、烤面包加鹅肝、清蒸多宝鱼、巧克力香蕉、炖鱼、自制腊肠、炒牛肉辣椒。余所烹炒鳝丝，惜无白胡椒，以黑胡椒替代，稍逊。复饮余携来之雷司令，又有智利干白、国台。席间与雷总、威忠谈甚畅快。又饮威士忌两种，甚佳，雷总又出一瓶波兰产白兰地，竟达六十五度。味亦不恶，然觉不敌中国高度白酒。雷夫人又制羹汤，盖以鳝鱼头骨煨成，颇佳。

夜大雨，威忠驾车送余返。

2020 年 8 月 2 日星期日

午间，雷总、小樊（司机）驾车冒雨来校接我。至四季酒店，小樊别去，与雷总登七楼入中餐厅。食螃蟹套餐，雷总点古越龙山一瓶，价 648 元，俟良久，头道菜上，殆牛油果裹蟹肉、蟹黄一小包，上置黑鱼子一小撮。极精致，而量奇少。饮烫好之古越龙山，觉味亦平平，未孚其值。俄，第二道上，蟹壳，外包芝士，炸成酥黄，内则蟹肉杂以蟹黄，较佳。制如西菜，分食，然无刀叉。第三道梨汤。又有牛肉块，黑椒烹成，下铺鸡头米、芦笋、百合，牛肉材质甚好，味颇佳。雷总又点西班牙红酒两杯，每杯价 120 元。二人畅叙美食之经验，雷总又谈及个体商业之穷途，相对慨叹。主食为一箸面条，带汤，上有少量蟹黄，颇有东瀛风格。末道为汤圆一碗，三粒。余睡不足，食欲减退，仅食一枚。若晚餐食此，必感不足。此餐用银二千六百余元，因雷总有优惠券，否则需三千五。真不知月入两千之九亿同胞闻此作何想。

仍由小樊驾车送余归家，雨仍不停，返家大睡。

2020 年 10 月 20 日

◎ 说 闽 菜

北方似乎没有特别好的闽菜馆。过去天津赤峰道上有一家苏闽菜馆，但并不以闽菜见长。五十年前，北京王府井南口也有一家闽粤餐厅，生意大约一直不好，服务员都无精打采。去过几次，只是对其中红糟肉的特殊味道有印象。这也难怪，闽菜若排除了江海的鲜物，就难以窥见其底蕴。而那时运输艰难，闽地的鱼虾运到北京，即便不腐也谈不上新鲜了。至于客家菜，虽然也可归入闽菜，但它一直自成体系，与福州为代表的闽菜大相径庭。十年前天津的客家公馆能做地道的客家菜，只是价格甚昂。台湾的新竹一带客家人居多，那里的客家菜也很正宗。

说起闽菜，"佛跳墙"俨然是个招牌，实则到底什么是佛跳墙，并无一定之规。只要是好东西：鱼翅、鱼唇、鱼肚、鲍鱼、海参、裙边、江珧、蹄筋、竹荪、鸽蛋都可以放。据说这道菜源于光绪二十五年（1899年），福州官钱局一官员宴请福建布政使周莲，他为巴结周莲，令内眷亲自主厨，用绍兴酒坛装鸡、鸭、羊肉、猪肚、鸽蛋及海产品等十多种原、辅料，煨制而成，取名福寿全。周莲尝后，赞不绝口。后来，衙厨郑春发加以改进，开设"聚春园"菜馆，即以此菜轰动榕城。有一次，一批文人墨客来尝此菜，当福寿全上席启坛时，荤香四溢，其中一秀才心醉神迷，触发诗兴，当即慢声吟道："坛启荤香飘四邻，佛闻弃禅跳墙来"。从此即改名为佛跳墙。然则，这道菜的历史也才刚过百年，而且各地的做法原料不同，烹制各异，口味不一，如果一定要立个规格，我以为不妨以国宴为准。查"百度"，"国宴佛跳墙"条文字说明如下：此菜精选鲍鱼、鱼翅、辽参、鱼肚、干贝、鲍菇、鸽蛋、裙边等八种顶级原料，配以国宴顶级浓汤制作而成，浓汤制作时间长达三天三夜，开坛飘香，味道鲜醇，营养丰富，养生保健，是各国领导人都喜爱的一道国宴菜。准此，则福州的佛跳墙反觉得有股腥味，倒是天津河北区海河边上的首府大酒楼（据说是袁世凯故居）的佛跳墙味道醇厚，值得一尝。

如今京津两地的很多餐馆都做佛跳墙，也不仅限于闽菜馆，如北京的润江南、天津的客家公馆（已于十年前关张）、厚厨都做得不错。

闽菜的鱼圆颇有特色，一只汤碗，汤色极清，里面四只雪白的麻团大小的丸子静静地卧在碗底。外皮是鱼肉捣碎加淀粉凝合而成，里面装肉馅，口感爽滑，鲜香四溢。食之兼有鱼肉之鲜与畜肉之香。

闽菜的汤亦不同于别处。一席之中，汤凡三道。一清汤，往往以青蛤竹荪之类煲成，味恬淡；一甜汤，用糯米、桂圆、莲子、银耳；一羹，或荤或素，皆适口。

附：西施舌

三十多年前，读宋人笔记，就已经心往神驰于西施舌的色、香、味、形了，但一直缘悭一面，只能停留在精神品尝的层面上，这对于哺啜家而言，当然是很大的遗憾。

西施舌的名称，我以为是宋人所取，因为宋以前的文献中未见有相关记载。宋人胡仔的《苕溪渔隐丛话》引《诗说隽永》云："福州岭口有蛤属，号西施舌，极甘脆。其出时天气正热，不可致远。"南宋初的状元王十朋还有诗咏此物："吴王无处可招魂，唯有西施舌尚存。曾共君王醉长夜，至今犹得奉芳樽。"这是一首借名物发思古之幽情的七绝，大意是说西施已经死了一千多年，魂销魄散，吴王没处招魂了。但西施舌却留传至今，它曾经与君王殢酒宣淫，消磨长夜，至今仍是酒席宴上的佳肴美馔。对此物更翔实的描述是明人陈懋仁的《泉南杂志》："西施舌，壳似蛤而长，外色若水蚌，壳内色如孔翠，肉白似乳，形酷肖舌，阔约二指，长及二寸，味极鲜美，无可与方。舌本有数肉条如须然，是其饮处。"综合上述各条，约略可知西施舌实即蛤蜊之一种（明人冯时可的《雨航杂录》称之为"沙蛤"），壳内长有一条酷似人舌、色如炼乳的肉质软体，其味甘美鲜脆，多产于福州浅海。

其实，历史上有没有西施这个人很值得怀疑，较早讲述西施故事的《越绝书》《吴越春秋》都不是严格的史书，内有小说家言，不大靠谱。人尚可疑，何况其舌？只能说是文人由来已久的一种向慕美人的情结之流露。清初的美食家李渔就因西施舌而发绮思，他在《闲情偶寄》中说："所谓西施舌者，状其形也。白而洁，光而滑，入口咂之，俨然美妇之舌，但少朱唇皓齿，牵制其根，使之不留而即下耳。"同时的周亮工在《闽小记》中亦将它列为神品。因食物的珍稀感悟美人的难得，因食物的形状念及美人的身体，为之命名，再因名称引发种种绮艳的遐思，向往越女的莹白，追怀西子的美貌，所谓"秀色可餐"，其实也是中国饮食文化的一部分。词人朱竹垞尝作【清波引】记西施舌，词曰：

> 越丝千缕，谁暗趁落潮网住？恁时看取，一钱底须与。悔逐扁舟去，乱水飘零良苦。自从歌罢吴宫，听不到小唇语。　鸣姜荐俎，此风味难得并数。岛烟江雨，短篷醉曾煮。荔子香辞树，一半勾留为汝。试问旧日鸱夷，比侬馋否？

可谓深沉婉转，绮丽精工。

二〇一三年十一月，我应邀去福州讲学，觍颜提出想品尝西施舌。在华谊饭店，齐裕焜教授专门点了这道菜。一只古朴的陶制汤碗，清澈见底的高汤，里面竖浮着一只蚌，径一寸许，墨绿色，微微开口。剖开外壳，果然伸出一条乳白色的舌状物，端详久之，不忍下箸。

忽又想到：就算是西施的舌头，也该是红色的啊。白色的舌头，只有鬼才可能。于是啖之，鲜美甘脆，不可方物。至于焚琴煮鹤之讥，就顾不得了。

2014 年 1 月 9 日

◎ 说 川 菜

　　说起川菜，一般人会马上想到毛血旺、谭鱼头、重庆火锅、水煮鱼等的麻辣，进而夫妻肺片、兔头、口水鸡、回锅肉，也是麻辣。可提起诸大菜系，却总是川鲁粤淮阳，川竟居首。若只是一味地麻辣，能稳居第一的位置么？我认识几位川菜的行家，都说川菜博大精深，麻辣只占四分之一。后出的俏江南，打的是新川菜的旗号，以菜品精致著称海内，并不以麻辣为主，其实正是川菜的正宗。

　　二十世纪六七十年代，北京西单绒线胡同的四川饭店是川菜最有名的馆子，标准的四合院，青砖墁地，回廊照壁，北面的过厅一列柜台，售酒水，五粮液可以零沽，三毛钱一两。东西南三面厢房是进餐的所在，摆满了桌椅，高敞轩窗，菜香四溢。一九六八年末，我被削去京籍，赴山西雁门关外插队，生存艰辛，非一个苦字可以道尽。过了几年，有个高中同学在县焦化厂做合同工，工绘事，能画车票，其实就是拿旧车票涂改日期，惟妙惟肖。渐渐有了名，同学们回家前，纷纷拿旧票找他改日期，再乘车蒙混过去，从无失手。他也没有别的要求，只是让大家回京后在四川饭店合伙请他吃一顿。于是每年总会去一趟，四五个人，必点的菜有烧白（或甜或咸）、豆瓣鱼或松鼠鱼、辣子鸡、回锅肉，每人二三两五粮液。吃得眼红耳热，齿颊留香，结账也不过七八块钱。

我还有个同班同学刘世定，是川军著名将领刘文辉的嫡孙。刘文辉一九四八年举义，在新中国任西南军政委员会和西南行政委员会副主席、国家林业部部长。他家于一九五九年从成都迁入北京，入住史家胡同 49 号。那里原是傅作义先生宅邸，标准的三进四合院。他家的厨师是从成都带来的川菜大师张汉文，与四川饭店的首席大厨是师兄弟。我曾有幸两次吃过张师傅亲手烹制的美味。一次是一九六五年，恰值大年初五，世定约我到他家，还特地引见了他祖父祖母，可惜文辉先生讲了五分钟，浓重的川西土话，我一个字没听懂，只能频频颔首。日薄西山的时候，我欲告辞，世定强邀晚膳，便随他经回廊步入大院东侧的餐厅。一张大圆桌，已经坐了很多人，世定的父亲元彦先生及世定的兄弟都已落座，还有一位世定的叔父从四川赶来，桌上已摆满佳肴。那位叔父善饮，频频举觥，喝的是桂林三花酒。世定连连为我布菜，还一一介绍"这是咸烧白""这是腊肉""这是干烧鱼"……那时十四五岁，还谈不到品鉴。但觉美不胜收，较四川饭店所制略胜一筹。

张师傅的烹饪技艺在当时北京高层享有盛名，周恩来、贺龙、习仲勋等都曾品尝。一九七六年文辉先生逝世后，张师傅被班禅额尔德尼·确吉坚赞请去掌厨（见刘世定著《寻常往事》，新星出版社二〇〇九年，第102、103页）。同窗刘世定与我同在山西插队，一九七九年考入中国社科院研究生院，现为北京大学社会学系教授。

成都的"龙抄手"是享有盛名的老字号川菜馆，我二〇〇三年随天津市政府代表团赴西藏考察援藏工程，撰写碑文。先在成都双流机场转机，休憩一宿。晚餐即由天津驻川办主任做东于龙抄手，见两廊贴满各界名人、首长在此饮馔的照片。登二楼，我们一行十数人坐满一大圆桌，圆桌中间为转盘，转盘距桌边竟有两尺余的宽度，他处所未见。及菜上，始悟其理。盖主菜皆呈于转盘上，桌边则摆放小吃，盛于小碗内，不时流转，竟不下数十种，大多不知名目，而甚可口。饮五粮液。主菜亦甚精致，众连连称赞，余惜未及详细考究诸菜之名目及小吃之特色。

如今北京的川菜馆不少，但高自标致，能与淮阳、粤菜争胜的店家实甚罕见。峨眉酒家有多家分店，庚子年末，方庄又开了一家。因为哥哥住在附近，年夜饭便预订在此。菜尚可，干烧鳜鱼、葱烧蹄筋、宫保鸡丁皆中规中矩，开水白菜则平平，盖白菜选材稍逊，汤色不清。价不菲，九人（含两幼童）食两千余。中关村中央民族大学左近原有一家锦府盐帮菜，属自贡盐帮风味，颇有特色，一道退秋鱼按位盛盘，约四两大，而肉质鲜嫩，烹饪得法。其他如梅菜扣肉、麻婆豆腐、夫妻肺片亦不同凡响。可惜几年前忽然歇业，据说是因为房产纠纷。北礼士路有家天府食舫，似乎是四川驻京办开设，内颇宏敞，菜则平平，麻辣亦大减，只觉樟茶鸭尚可。再北行数武，有家华丽楼，亦是川菜。名为华丽，实甚简陋，菜则中规中矩，反觉稍胜于天府食舫。

此处顺便说说西藏的饮食。二〇〇三年季夏，校方命我随天津市政府代表团赴昌都撰写援藏工程碑文。一行十三人先抵拉萨，游布达拉宫、罗布林卡、雍布拉康（松赞干布与文成公主所居夏宫）、大昭寺、羊卓雍错等古寺名胜。后转昌都，目睹了澜沧江、金沙江、怒江三江交汇、惊涛急湍的壮观景象，也见识了佛寺中辩经的形式之古，心迷造物之奇，感叹人情之朴。顺便还了解到山区牧民一妻多夫的生存选择与相处轨范。

一路主要吃的是川菜，拉萨的街头遍布川菜馆，盖因川西密接藏地之故。但团长（天津市政府副秘书长）说，既然到了西藏，当然要尝尝纯正的藏餐。众皆以为然，于是由当地藏族干部引领，来到一家著名的藏菜馆。厅堂布置极为绚丽，红黄相间，食器饮具皆银质，璀璨夺目。菜肴陆续呈上，然浓烈之酥油味充溢，众皆不能下箸。又有四位藏族女子执青稞酒敬客，众亦仿效藏族礼仪，以右手拇指、食指、无名指蘸酒抚眉梢，敬天地，而后饮之。此一餐，除青稞酒，诸菜皆未敢品鉴。宴毕，众又至一四川馆果腹。

送别宴系自治区副主席、昌都第一书记举办于招待所，仍食川菜，饮五粮液。印象深刻的是最后一道——

手扒羊蹄，酱红色二十余只羊蹄卧一巨盘中，色泽鲜亮。我平日虽不吃羊肉，但觉此菜若不尝，恐怕终生再无机会了。而且西藏的羊是否与陕甘内蒙古的不同，也需鉴别，遂夹起一只啖下，果然鲜美醇厚，余味饶舌。

◎ 兰州的吃

　　兰州在汉唐宋明都处西北边陲，又是连接西域文明的要冲。说起兰州的吃食，内地人会不约而同地举出牛肉拉面为代表，这是因为全国各地都有标榜兰州拉面的食店。不过，我的一位来自兰州大学的博士生说："天津的兰州拉面，那算什么呀！吃拉面还得去我们兰州。""橘逾淮则为枳"，我想大约是这个道理。于是，去年盛夏，借赴西北师大开会的机缘，品尝了一次兰州的牛肉拉面。这是个正宗的专做拉面的饭馆，里面的格局很像麦当劳、肯德基，四人一桌。会议安排的是加肉的套餐，四碟小菜，一大碗面，一盘肉。只吃面不加肉是六元，一盘肉十五元，合计二十一元，与庆丰包子套餐恰好相垺。那碗面端上来，果然不同凡响。汤色极清，点缀一撮葱花，面色微黄，加一勺辣椒，红白黄绿，先已勾起食欲。先喝一口汤，鲜美醇厚，是多年的上等牛肉老汤熬制，绝无一丝渣滓。面条则筋道爽滑，柔韧适口，佐以藏区的牦牛肉，浓郁馨香，妙不可言。此地的牦牛乃天然放养，除了味道鲜美外，因其长期食用许多野生草及药种（如贝母，虫草、板兰、红花等），所以当地流传着这样的说法："我们的牛羊，吃的是中草药，喝的是矿泉水，尿的是太太口服液，屙的是六味地黄丸"。虽不免夸张，却也道出外地的牛肉拉面难以望其项背的根本原因。兰州拉面体现的是西北人的亢爽率真，豪宕质朴。由于分量太足，我终于没能吃完那一碗。同来的台湾女博士生则是三人分一碗。

兰州的手扒羊肉亦是美味。我虽是蒙古族，却从总角之时即不吃羊肉，因为怕膻。那时北京的羊肉（估计是山羊）都有一股膻臊之气，即便是东来顺的涮羊肉、烤肉季的它似蜜（据说是慈禧命名），我亦不食。这次到兰州，敦煌研究院的友人请到一家最有名的餐馆，点了店里最有名的手扒羊排，情不能却，遂吃了几块。尽管还有几分心理的抵拒，但不能不说确乎没有膻气，而且味道上乘，这大约也是食材的来源不同所致。

兰州的市食还有浆水漏鱼和扁豆雀舌面值得一说。

浆水漏鱼是用笊篱漏下面糊，使呈一条条小鱼状，置入略发酵的米汤中煮熟，连汤带"鱼"，食之略似南方的醪糟。扁豆雀舌面则是将扁豆角榨汁，和面，切成菱形的小片，形似雀舌，煮汤，加盐胡椒。味道有点像河南的胡辣汤。这两样都是兰州百姓的常食。

此行受到西北师大赵逵夫先生的盛情款待，他自己不饮酒，却送了我两瓶蓝色贵宾，还命弟子每晚陪我畅饮。送别的晚宴上，逵夫先生致辞说："这次会议我没有尽什么力，都是弟子们效劳。不过我有一个大贡献，就是让陶慕宁先生唱了一段京剧《空城计》。"众皆大乐。其实我的嗓子尚不及张伯驹先生的"蚊子嗓"，三杯之后，会稍有起色，自诩为"云遮月"，实乃自嘲也。

◎ 中国台湾的饮食与人情

迄今为止，我一共三次造访台湾。第一次是二〇一〇年年末，受邀参加第二届东亚人文论坛，至台湾大学。第二次是二〇一二年五月率南开大学中文系的古代文学专业博士团队六人至台湾政治大学参与第二届两岸六校博士论坛，第三次是二〇一四年五月，仍是率队赴两岸六校博士论坛，只是地点在辅仁大学，还同时参加了一个"传统与再生——汉学国际学术研讨会"。台大与政大皆处台北，而辅大居新北，毗连台北。

每一次的欢迎晚宴都是宾礼如仪，每一次的菜品都是丰而不奢，每一次饮的酒都是清香醇厚的金门高粱。台湾学术会议上的唇枪舌剑、不讲情面声名远播，到了宴席之上便都化作了觥筹交错，谐谑迭出。和风细雨，氤氲满堂。

台湾还有一个南开大学的校友会，会员数十人，来自各行各业，多有在南开就读在职博士研究生的经历。会长刘恩廷，相貌不输潘安卫玠，而指挥若定，调度有方。再如台北经营眼镜生意的连秋逸先生（据说还是中国国民党荣誉主席连战的叔辈，而仅长我两岁），诙谐大度，热诚洒脱。又如从我就读博士生的何家丰，客家人，精于堪舆数术，居住在新竹的新埔镇，年届五旬，望之则如三十许人，恂恂如也，即之也温。还有黄志维、黄泰豪、光相中等不一而足，皆温文尔雅。若野柳的海边怪石、九份的市井人烟、指南宫的璀璨辉煌、"总统府"的简涩质朴，以及诚品书店内的咖啡小憩、国军英雄馆中的盛宴珍馐，皆有这些校友的深情陪伴。

我一向有点路痴。头一次到台湾，在台大的欢迎晚宴上，多喝了两杯。与同仁张铁荣教授闲步街头，拐了几道弯，便迷失了路径。索性信步徜徉，游观街景。遇一老人，约六十许，坐于街边一茶几旁饮工夫茶。遂上前问路，老人说："二位是大陆来的吧？不忙，先喝口茶。"乃招呼我俩坐于几旁小凳上，给我们斟上茶。三杯之后，起身带我俩步行里许，直到台大校门，始告辞。我俩不禁感叹此地的人情之醇厚：和风细雨，如沐春风。

　　因为是第一次来台岛，我和张教授欲增广见闻，游览名胜，便未随队返大陆。恩廷会长在随后的几天充当了导游，驾车带我俩上阳明山，观看林语堂故居。下山瞻仰中山纪念堂，浏览士林官邸。之后一路向南，游南投老街、日月潭。午后至桃园，恰逢天津市副市长孙海麟带队访桃园，县议长设欢迎晚宴。经恩廷斡旋，我与铁荣教授得预几席之末。当日菜单如下：

锦绣鹏程展宏图　　银鱼杏菜海鲜翅

碧绿绍兴虎虾球　　栗子吉利红趣鳗

人参药膳彩凤凰　　叉烧煲仔老菜饭

尊贵玉霞海石斑　　富贵红枣炖鸡盅

圆笼蟹黄鲜烧卖　　鲜奶椰汁香甜糕

果糖芋香西米露　　春风如意鲜果盘

桃园县县议会　敬启

2010 年 12 月 14 日

　　这菜单看起来琳琅满目，吉祥利市，还有一点俗气。实际不过六道菜，第一道为潮式烧腊拼盘，以下依次为汤羹、虾球、烤鳗、烧鸡、石斑鱼、鸡汤，其他则系主食、热饮、果盘，属于桃园县政府招待宴席的定制，因为要经过纳税人的批准，所以并不奢华。

翌日，何家丰驾车，自台北抵新竹新埔镇，时已傍晚，但见巷陌纵横，四围静谧，至其家少坐。家丰之妻，病殁已多年，家丰笃信全真，传道授业，义不再娶，抚养三子女，不惮辛劳。其子女皆未成年，而彬彬如也。旋引余至附近一道观，盖其家祖传也，由其姊夫住持。入内，竟颇宏敞。左厢供奉吕洞宾，右厢则九天玄女。余觉突兀，询之。家丰亦不能答。盖台湾之宗教信仰甚庞杂，举凡佛、道、仙、基督、天主、伊斯兰教、摩尼、天后，皆信徒甚众，香火鼎盛。

俄又引余等穿小巷至一餐馆，名曰盛粄条，榜标素食禁酒。小楼三层，漆色斑驳，度已颇历年月。登陡峭之楼梯至二楼，陈设极简陋，粗木之圆桌五，上铺一次性塑料布，四壁粉墙已剥落。余心不悦，窃忖家丰既知余斗酒块肉之夙习，而竟引余来此素食馆，且又如此之简啬，岂囊中羞涩至此乎！

及菜上，始觉风味不凡，若香蕈草菇，皆腴润适口，尤其一鲜笋，茎及寸，大块盛盘，而鲜脆清美，不可方物。事后方知蒋经国先生曾数次来此就餐，且赞不绝口。亦方知家丰用心良苦。

台北的唐宫蒙古烤肉生意兴隆，颇有人气。店在松山，门面并不煊赫，入内登二楼，即见宽敞的大厅，内皆圆桌，可坐十人。饭馆是自助餐的类型，每人约六百台币（合人民币110多元），食客排队，每人手持一大碗，循序来到摆放食材的柜台前，选取中意之物。鸡肉、鸭肉、鹿肉、牛肉、羊肉依次切大片摆放，后面是各种搭配的蔬菜、调味料，右首紧挨着的便是烤厨，一座半人多高的烤炉，上架一巨型铁铛，直径约一米五。四位老师傅，望之皆五旬开外，接窗口边盛满食材之大碗，扣于铛上，以长铁箸略事翻转，约一分多钟，即盛碗交客。厨内温度綦高，靠近窗口即感热气扑面，师傅们皆汗出如渖。心想若是我辈入内操作，不半小时，必虚脱休克。而几位师傅，穷年累月，默默劬劳。思之叹惋不置。

接过烤好的肉，回到圆桌，中央则是一铜火锅，汤已沸腾，周边罗列各种涮料，肉、菜、豆腐、菌类不一而足。可以边吃烤肉，边吃涮肉。烤肉不够，还可再去排队炙烤。二〇一二年、二〇一四年，我曾两番率南开的博士生莅此，皆由连秋逸先生做东。

唐宫里食客的高峰期过后，几位师傅会轮流到楼梯口的长凳上小憩，稍事喘息。我走过去道声辛苦，递上一支中华烟。那位老师傅非常客气地接过去，聊了几句。说已经干了二十多年，快六十了，干不动了。如今没有年轻人再干这活儿了。

到了台北，不能不去士林夜市，密集的摊位、辐辏的人烟、小吃的香味、市井的喧嚣，烘托出浓浓的生气。食客来自五湖四海，随团旅游的、自由行的、本地的大学生、附近的市民、开长途大货车刚下班的司机，他们会点一碗猪腰粥，加个蚵仔煎，说是要补一补。

第三次去台湾，因为辅大安排会后旅游，晚餐在途中，仅以便当充之。酒虫作祟，抵旅舍后，便邀北师大张德建教授同出觅酒肆，先至一便利店购375克金门高粱一瓶，步行里许，见街边搭一棚，内一中年妇人，烹小吃，可佐酒，还可吸烟。遂坐一小桌旁，点蚵仔煎、虾仁煎、综合煎各一，该妇人亦只做此三道菜。及端上，但见三盘摊鸡蛋而已。此等煎物，盖源自广东潮汕，皆以鸡蛋液裹海物摊于铛上煎之熟即可，望之绝似北方摊鸡蛋。边饮边聊，德建兄因而感慨："你看咱们多有钱，摊鸡蛋都得点仁。"

　　台湾的百元小炒亦值得一书，那一次仍是连先生做东，先驱车至一茶室，饮工夫老茶，极浓酽，店主系连先生友人，热情可掬，待若上宾。旋诣附近，入一大帆布篷，内设桌椅。掌店者似为夫妇二人。余等入座，菜即陆续端上，第一道为辣炒墨鱼仔，味颇佳。之后各种炒菜陆续上桌，每盘台币百元（当年台币与人民币兑换约四点八五比一），皆物有所值。深感价格之廉，而品质亦优于大陆。

◎ 中国澳门的饮食

　　我二○○九年由春至夏在澳门大学做了一学期的客座教授，曾模仿徐志摩诌了一句新诗"天堂是澳门的赌场"。其实我从来不谙博艺，迄今连麻将也不会。这句诗是两位在香港新闻界工作的内地学生来澳门，带我游览了几个赌场之后的有感而讽。

　　澳门实在是个弹丸之地，半岛、凼仔、路环三处加起来也才三十多平方公里，但其中的文化却是包罗万象，笼盖四海。从建筑到服饰，从宗教到语言，从人群到餐馆，几乎可以涵盖世界各地。仅以饭馆而论，葡餐、法餐、意大利餐馆、中餐各菜系、东南亚、印度，各地小吃几乎无所不有，且中规中矩，各臻妙境。

　　我飞抵凼仔澳门大学的当晚，澳门理工大学的校长助理周荐携家人为我洗尘（周是天津人，我南开的同事，系语言学教授，在澳门兼职已数年），地点选在官也街路口的小飞象葡餐厅。周点了罗宋汤、红酒牛尾，其他的菜已忘却，口感是西菜加南洋风味，调料多用咖喱、红酱，颇浓郁。盖因葡萄牙人当年泛海来此地，交流已有数百年，故当地葡菜亦融汇印度、马来西亚、泰国及粤菜风味，自成一格。我后来多次来该店就餐，独爱一道马介休。马介休是葡语，也作马家休，实则就是腌鱼，古称鲞。葡萄牙是个岛国，渔民打到鱼，抹盐以备储存，此理四海皆然。不过小飞象的马介休，是选用上等的鳕鱼最好的部位，煎之，而后浇上芝士。腴润鲜香，入口而化。我曾有竹枝词记此菜：

　　葡餐必啖马家休，初乃腌鱼备储留。赖有郇厨加点染，如今妙味遂无俦。

　　澳门大学中文系的副教授邓骏捷是位美食家，我在澳大期间，对我颇多关照，多次请我品尝当地美食。我自然要礼尚往来，请他选择餐馆。一个周末傍晚，他驱车带我到路环。路环是没有开发的濠江三岛之一，弥望皆绿树浓荫，罕见人烟，偶有灯火掩映，似乎还保留着百多年前的渔村风貌。车转弯，忽然灯光绚烂，人影幢幢，来到一处名陈胜记的餐馆，欧式连体房舍，呈U型，一面临街，三面皆有骑楼，设桌椅。骏捷兄成竹在胸，随便点了几道菜，还购一瓷瓶二锅头。菜有鱼、虾，一道蛏子皇颇惊艳，竟比我以前吃过的大了一倍不止。如果只是大，并不值得渲染，关键在于味道鲜美，平生所未尝。那条清蒸石斑，个儿不大，但鲜香软糯，远胜在内地吃过的诸种斑鱼，原因在于食材的新鲜程度。后来他又请我到半岛的星际酒店，里面的上海菜极为纯正，是本帮加新派的结晶，一道响油鳝糊，色香味形俱不输内地有名的上海餐馆，即便是小菜四季烤麸，也是无懈可击。抱腌蒸大黄鱼则是地道的绍兴风味。

五月下旬的一天，龚敏自香港乘船来看我。他是安徽巢湖人，本科、硕士在台湾就读，博士出自南开李剑国教授门下，我是他博士论文的答辩委员。他毕业后在香港饶宗颐文化馆做研究，为人诚笃洒落，亦好美食。他对澳门颇为熟悉，引我至半岛游妈阁，旋诣大三巴一览。日薄西山，辗转入一小街，就食于陶陶居菜馆，乃广东老字号，始建于光绪年间，初以早茶享名，后亦烹制粤菜，此处为其分店。龚敏点了例汤，乳猪、叉烧双拼，煎虾饼，白灼菜心，清蒸龙利鱼。我则于对门烟酒店购剑南春一瓶，二人对饮。菜极精致，乳猪皮酥脂肥，入口而化。虾饼软糯甘鲜，诱人味蕾。蒸鱼则腴润隽永，齿颊皆香，盖以食材技法俱臻上乘也。

澳门的黄枝记亦值得一书。五月底，妻女及女儿同事胡静自京来澳门看我，顺便旅游。一起吃了沙利文、小飞象餐厅，都很满意。女儿之前在网上查到老字号黄枝记，执意要去。便一同乘新世纪赌场的免费车来到本岛，黄枝记门前人烟辐辏，须领号静俟。良久，始获登楼就位。此店名号来自东莞的面馆，以竹升面著称。面用竹板压打，口感劲实，富有弹性。复因地处澳门本岛中心区，为旅游者必到，故生意兴隆。当日食毕，亦有竹枝词一首记其味：

虾肉云吞水蟹粥，黄枝记里试珍馐。席终一碗竹升面，三日余香尚绕喉。

◎ 海口连理枝

二〇一一年初冬，应邀赴海南大学开诗词学会。这是我平生第一次踏上海南岛，飞机降落美兰机场，转乘接客之巴士往海大，沿途椰树葱茏，空气清爽，绿草如茵，风景宜人。不禁悬想一百七十年前，余高祖明谊主政此地时，是何光景。盖先祖明谊道光十八年，以京察一等，授琼州知府，在任三载，曾重修乾隆《琼州府志》，惠民良多，乃擢升甘肃道。今之海南已建省，专注于旅游业。

熙熙攘攘，开了两天的会，见到不少学界的朋友。老单却未出现。老单名正平，是海南师大中文系的教授，省文联副主席。甘肃平凉人。一九七九年入南开中文系，硕士、博士皆出自南开，曾引领学运。专业为文艺学，擅杂文，针砭时弊，文笔老辣。为人则亢爽真率，犹存古风，与余相交莫逆。其人八十年代辞去天津作协职务，只身往海南创业，亦曾鲜车怒马，驰骋书业，后逢经济颓靡，急流勇退，入海南师大执教，为学科带头人。此次因往厦门大学开会，未得先期晤面，不过他出发前关照了文学院长阮忠教授，请他代摆宴席为我接风，并强调要突出海口特色。会议结束的当晚，阮院长果然命人接我至一餐馆，颇具海南风格，厅堂甬道皆木质，入一单间，宾客已满，圆桌上肴馔罗列，多海物，蚌蛤虾蟹，螺蛎鱼蛳，而十九不知名，或形似某物而实非。阮院长盛情讲解诸物吃法，某物蘸某汁，某酱配某菜。众频频举杯，气氛热烈。余咀味诸多平生未见之物，或馨脆、或腴滑，不禁感叹造物之奇，爰渤海之鲜与南海之鲜迥然有异，不莅其地，亲自品尝，无由窥其真髓也。

第三日上午，老单赶回海口。驾一辆现代牌越野车，载余及一女研究生出城，旋驶入椰林，而车速不减，于无路之林内横冲直撞，顷刻间冲入一农户院内，一妇人正喂鸡，以海南话大喊："这儿哪有路啊！"老单立即调头，疾驶入林。左右椰树密植，遮天蔽日，车行其中，恍入原始森林。经十余分钟，豁然开朗，但见海天一色，鸥鹭轻翔。岸边一排挡，烹制海鲜。两株巨大榕树，枝蔓攀结，排挡之匾额大字书"连理枝"，觉野趣盎然。海边置简易石桌木凳，老单点蟹、虾、鱼、蚌各一，店家稍事烹煮即呈上，味极鲜。老单又自后备箱取剑南春一瓶，三人边饮边谈，倍极舒畅。食毕，老单又招来一小艇，三人乘之观海景。时已退潮，岸边红树林红紫掩映，分外夺目，而周边阒寂无人迹，但闻小艇划水之声。两岸林中白鹭，络绎展翅腾起，真不啻一幅海天渔隐图也。

二〇一九年五月末，应邀赴海南师大主持老单博士生李一鸣论文答辩。逗留数日，饮馔皆甚丰盛。余怀念当年之连理枝，坚执于此设宴辞行。老单不能拗，遂于六月一日晚由周泉根教授驾车，至连理枝会齐，共九人。时隔八载，连理枝已拓展为巨型排挡式餐馆，比屋连楹，人声鼎沸，无复当日之静谧岑寂。而旧日盘曲纠结之两株大榕树，已因地震彻底隔断，不复相连。望之唏嘘不已。

二〇一五年，余年届六五，行将退休。三亚学院致信，拟聘中文系教授二年，邀余先往校园观赏，乃与铁翁于盛夏飞抵三亚。高温蒸溽，实所难耐。住两日，致电老单，老单邀往海口，乘高铁往。翌日，老单驾车载余二人往儋州谒东坡书院。大雨方止，沿路泥泞，盖儋州处海南腹地，多黎人，经济状况不能与沿海同日而语，沿途多见茅舍芦丛，耕夫农妇。车行一土路，陷入泥淖。余与铁翁下车助推，幸车为越野，四轮驱动，得腾跃而出，安抵市内，观览东坡书院。午间，儋州市文联主席李某设宴接风，一当地小学教师作陪。食青蟹，个如拳，软壳，膏甚丰，味美，据云属河海间物，恰逢时令。席间但闻李某高声大嗓，以儋州普通话宣示其文学主张，虽云普通话，因方音过重，余几不能听懂一句。其人亦不甚进食，唯烟不离口，喷云吐雾之际，高论咆哮而出，实此行之趣事也。

◎ 海口日记

2019 年 5 月 29 日

单正平兄邀往海南师大主持其博士生答辩。乘华夏航空 13 : 05 班机经停贵州兴义飞海口美兰机场。慧敏送至天津滨海机场，晚点一句钟始起飞。抵海口已晚八时，雨方止。单公与其博士生李一鸣来接。机上无餐食，仅小蛋糕一枚，余约十小时未进食，饥肠辘辘。一鸣驾车辗转至一饭店，规模宏大，入单间佳肴已罗列满前。座中有文学院长李某，文艺学教授周泉根，《天涯》杂志李宁，海师教师张某及博士、硕士生，总计十余人，饮二十年汾酒。虾蟹鲍蛤，文昌鸡、东山羊罗列满前，举觥畅饮，谈笑风生。夜宿明光胜意大酒店，殆五星级也。闻原系海航所有，因破产售与其他公司。倦极，沐浴就寝。

2019 年 5 月 30 日

近午始兴，单公与一鸣邀余至一老街闲游，盖南洋风情也，道旁骑楼，人烟辐辏。据云街上宛转之道路皆旧日海水流淌之津汊，渔民驾小舟载所捞之海物售与岸边商户，亦曩日一幅风俗图卷也。旋于路边一小肆食抱罗粉，先饮椰汁，盖以吸管插入一椰子中，吮吸椰汁，极清凉可口，平生第一次也。继食抱罗粉，此物当系岭南河粉之变种，呈圆形面条状，不炒而浇以卤汁，杂花生、杂菜、牛肉丁，味润滑可口，亦平生第一次也。佐以文昌鸡、蚝油生菜。亦颇不恶。

饭后闲步之中山路，亦南洋风致翻新之老街，属海口著名文化区。尾单公登一小楼，依稀忆及数年前曾来此处饮茶，会一画家，单公证实。然此画家已于去岁亡故。其妻租赁此处，以为当地文人雅集会所。楼内书画、瓷器布置得宜。登三层始知答辩之处即选于此。二时许，答辩开始，余任主席，答辩委员依次为单公、邵某某、周泉根及两位张姓教师，另有一人已浑然忘却。答辩人为李一鸣、欧阳丽花，另有硕士生三名。其他博、硕士生十余人列坐。余仅审阅一鸣之论文，其余皆未寓目。依程序行之，他人等因奉此。稍览其他四人之论文，皆去一鸣远矣。余略做点评，答辩结束已六时许。同步至五十米外之全丰泰餐馆，共两席。单公已先点菜，出茅台酒，众畅饮。该餐馆乃当地百年老店，潮州菜，果不寻常，鹅、鸭、蚌、鲮鱼，皆美不胜收。席间诸人真率可喜，惜酒量皆不济。

2019 年 5 月 31 日

近午起床，单公与《天涯》李宁邀往一兰州面馆食拉面，味尚正宗。旋至一购物中心，闻原亦属海航，内颇宏敞，集购物娱乐餐饮于一体，然今已萧条。于文昌邓记冷食店进清补凉一瓯，实即冰激凌也，内含多种果类。食毕，李宁驱车送吾二人之单公宅，内有二猫，一皮皮，英短；一淘宝，皆娇憨可人。手谈二局，授四子，一胜一负。四时许，李宁接余二人抵海南师大文学院，院方安排余讲座。不欲作高头讲章，乃取问答互动式，在座多系研究生，单、周亦在。气氛亲切，谈亦率性。六时许，同至校外不远处福恒源饭店晚宴，十余人一席。亦属潮汕菜，滋味颇佳。一青石斑，先奉一小瓯鸡汤请余品鉴，极浓醇。旋即鸡鱼合烹，鲜嫩醇厚，果然妙味。周泉根教授出人大特供茅台飨余，盖其博士就读于人大。酒味浓粹，不下于飞天。饮至半酣，周呕歌京剧，然荒腔走板，稍似豫剧，众大笑，皆撺掇余唱京剧，盛情难却，乃歌《赵氏孤儿》"老程婴提笔泪难忍"一段，众心悦诚服。极欢而散。

2019 年 6 月 1 日

午间，周泉根教授驾车接往一家乐福，进日式拉面，三名女研究生陪同。饭后步行至丘濬故居，依稀尚有六百年前光景。三进小院，较逼仄。遗物无存，略浏览而已。俄又步行至海忠介祠，盖纯然新建之假古董也。余夙不喜丘文庄、海刚峰二人，以为人品多矫情，虽谥庄、介，实少情趣。文庄《五伦全备记》戕夺真性，犹似冬烘。唯因余高祖明谊曾知琼府，推戴二公，以是追迹往古，凭吊先人也。天气闷热，汗出如渖。周驱车至一茶室，主人称东哥，相貌隽朗，招待饮茶。内紫砂壶、竹器、木器、铜制小摆件陈列，古韵盎然，闲谈亦畅快。殆单公、泉根等友人也。豪雨忽至，一洗暑气。临行，东哥赠余一铜制蜗牛。

四时许，驾车沿海边往连理枝行，沿途绿树葱茏，海阔天空。时雨时晴，罕有人迹。历一时许，始达连理枝。旧貌依稀尚能辨认，而连理之榕树已因地震断为两部，不复相连。叹息不已。单公、李宁、一鸣等已候多时。单妻王艳玲出差，本拟赶回参加晚宴，雨阻降机，停于三亚。

于海滨红树林旁设宴，一席九人。余因连日叨扰，乃坚持做东。单公点菜，皆本地之海鲜。畅饮极欢，而雨已停，夜色撩人，爽气四溢。此番所识诸人，皆率真可喜，无内地钩心斗角之病。故纵议国事，畅所欲言，了无藏掖，阔论高谈。夜阑始返。

返京成七律一首：

腾云驾雾到琼边，沐浴骄阳溽暑天。总是单公情意重，亦缘皮宝惹人怜。

抱罗粉润知音胂，青石斑连海错筵。盛世毋庸多置喙，宽衣只做酒中先。

"皮宝"乃单公家中所养二英短猫，一名皮皮，一名宝宝。

◎ 说 豆 腐

　　相传豆腐是西汉淮南王刘安发明的，可《史记》《汉书》都明白地记载刘安因为谋反事败，畏罪自杀了，他的一生和豆腐没有丝毫瓜葛。后来的《神仙传》（晋·葛洪撰）倒是敷衍出刘安学道炼丹的许多轶事，乃至最后一家三百余口都飞升成仙，连家养的鸡犬因为舔咂了药罐里的残渣，也得道升天。成语"一人得道，鸡犬升天"便源出于此，只是依然和豆腐毫无干系。不过，既然炼丹，铅汞水银、玄霜绛雪，凑在一块儿煮，总会产生化学反应。后人借此附会，就把豆腐的发明权赠给了刘安。其实，直到唐朝，似乎仍然缺乏关于豆腐的任何记载。然则，将豆腐的知识产权交给宋朝人，大概是不会错的，因为宋人的笔记已经大量地出现了豆腐的各种烹饪技法。

豆腐是好东西，尤其对于吃不起肉的穷人，可以补充高蛋白和脂肪，增强体力，《本草纲目》认为豆腐还能调和脾胃、清热散血。豆腐的制作工艺也不复杂，而且黑豆、白豆、黄豆、绿豆、豌豆、蚕豆无不可做。由豆腐还衍生出豆浆、豆汁、豆皮、豆干、豆腐脑、霉豆腐、臭豆腐等无穷的附属品。天津的早餐，一碗豆腐脑，一套煎饼果子，不仅足以果腹，还可吃得酣畅淋漓。而淮扬的大煮干丝，则首要精致的刀功，用香干切片，再切丝，丝要极细如牙签，且不能断。加鸡汤煮，加火腿、开洋（上等的海虾仁儿，煮熟去皮），食之鲜香适口，隽永醇厚。

四十多年前，我在山西雁北插队，没有肉吃，馋得要命。冬天看场，多用知识青年，因为他们在村里没有亲眷，不会把堆在场上的粮食倒腾出去。子时腹馁，偶尔会从场上取半口袋黑豆，往相隔四里的虎团村换几块豆腐，因为我们村没电，只能推碾子磨豆。换回豆腐，皆大欢喜，灶上一口大锅，点着一捆玉米秆，先放几勺大酱（没有食油），加辣椒，"滋啦"一响，豆腐切大块置锅内加水，煮开后，再放苘子白（卷心菜、洋白菜，但当地所产菜叶不卷，呈散开状）叶。沸腾半小时许，已是香气扑鼻，每人一大碗，喝着八毛钱一斤、我称之为四锅头的劣酒，真觉得天堂不过如此。

如今豆腐已是极平常的食品，烹饪之法亦随各地的风物口味而各擅胜场，四川的麻婆豆腐早已名扬四海，据说西方人吃中华料理别的菜不知道，却都懂得点麻婆豆腐，不过豆腐在国外卖得并不便宜，是不是西方人至今不会做豆腐呢？苏扬一代的虾籽豆腐，京菜的蟹黄豆腐都是美味，但蟹黄、虾子的品质是关键。闽台客家人的豆腐亦别具风情，突出的是豆腐的本味，器皿一定要是陶制，可以品出豆香和卤水的微苦。台湾的新竹还流行吃豆渣，其味妙不可言。再讲究一点则有鲁菜的八珍豆腐，加海参、鲍鱼、干贝、虾仁、蹄筋、香菇、鱿鱼、鸡脯，下豆腐块儿高汤煮熟勾芡。但我总觉得这道菜有些喧宾夺主，而且店家知道食客一般不会细数那八珍，往往李代桃僵，尚不及清代的一道"王太守八宝豆腐"。袁枚的《随园食单》记录了这道菜的烹制方法：

用嫩片切粉碎，加香蕈屑、蘑菇屑、松子仁屑、瓜子仁屑、鸡屑、火腿屑，同入浓鸡汁中，炒滚起锅。用腐脑亦可。用瓢不用箸。孟亭太守云：

"此圣祖赐徐健庵尚书方也。尚书取方时，御膳房费一千两。"太守之祖楼村先生为尚书门生，故得之。

它是出自康熙御膳房的珍品，看似简单，只是把豆腐切碎，加入香菇、蘑菇、松子、瓜子、鸡肉、火腿的碎末，放进浓鸡汤中煮滚起锅，色泽润白如脂，口感鲜嫩爽滑，吃的时候要用羹匙。康熙皇帝食后大为满意，认为胜于燕窝，赐名"八宝豆腐"。所谓王太守名箴舆，字孟亭，江苏宝应人，康熙五十一年进士，曾任瑷珲知府，是袁枚的好友。他祖父王式丹，号楼村，是康熙四十二年的状元。王式丹的座师则是康熙初鼎鼎大名的刑部尚书徐乾学，这道菜谱就是康熙赐给徐乾学，徐又花了一千两银子从御膳房买来的，后来传给王式丹，式丹再传乃孙箴舆，箴舆又传袁枚。到今天也三百多年了。

2016 年 1 月 9 日

◎ 蛇蝎虫蚁

蛇蝎都好吃，但要烹饪得法。我一九九三年出版
《青楼文学与中国文化》一书，获稿酬四千元，当然要
宴请编辑主任等一干朋友以示感激。书的策划人兼责编
刘丽华女史推荐了一家云南菜馆——好像叫西双版纳，
在东皇城根的锣鼓巷左近。彼时的锣鼓巷还是一条静谧
的普通胡同，几乎没有商店。这家菜馆的装潢很平易，
有个木质的寨子门，里面的单间也很逼仄。同席有黄克
先生、郝志达先生、人民出版社哲学室主任方鸣先生、
文化室主任刘丽华、人民文学出版社古典部副主任刘国
辉等，共十人。

第一道菜是烤乳狗，很像粤菜的烤乳猪。一只炙烤
得焦香泛红的小狗卧在盘中呈上，味道竟颇佳。那个年
代养宠物狗的还很少，所以没有多少人反对吃狗肉，像

沛县的鼋汁狗肉、贵州的花江狗肉、广西的玉林狗肉、延边的朝鲜狗肉，都是公开出售，可以登堂入室的。席间众人边饮边谈，佐以多种小菜，有些是叫不上名字的虫，吃时多少有些畏惧。店内还提供一种米酒，竹筒装，清凉甘润，甚适口。俄，厨师手握一大蛇入，长近两米，粗如人腕。展示过后，即入厨烹制。先以蛇胆、蛇血分别置杯中，而后斟入高度白酒，一口饮罄。中医以为蛇胆有祛风除湿之效，而蛇血可活血化瘀，然现代医学则公认蛇血内含多种毒素，切不可食。继而是龙衣，实乃油炸蛇皮是也。酥脆馨香，佐酒奇妙。接着是炒蛇丝，乃蛇丝与鸡丝同炒，鲜嫩可口，亦妙味。最后一道蛇羹，每人一小瓯，腴润爽滑，舌吻生津。此所谓一蛇五吃。

天津亦有数家餐馆烹蛇，十几年前，白堤路有家湖北馆名楚云天（本店在友谊路，此为分肆），距南开大学很近，偶有干烧蛇段，价颇昂，味亦不恶。但因未去骨，咀嚼不易。窃忖还是蛇丝与鸡丝同烩，最能相融。据说蛇越毒越好吃，我猜是因为蝮蛇、眼镜蛇等剧毒的蛇对人类具有威胁，逮到它们不容易，吃的时候会给人带来一种刺激、一种征服感，当然也就觉得可口了。自北而南，各地皆有蛇，烹饪最得法的还得数岭南。

蝎子大概是毒虫里最好吃的，十几年前，天津水上北路有家叫作祈年湾的餐馆，粤菜加淮扬的口味，有一道炸全蝎佐酒甚妙，每一只蝎子下面垫一龙虾片，红白相间，快人眼目。入口则酥脆馨香，回味甘甜。老板是个奇石收藏家，店内一楼展示各种奇石，还有因形似而略加点染，酷肖各种菜肴的怪石。挺好的餐馆，不知何故，六七年前忽然关张歇业了。后来又在别处吃过几次炸全蝎，皆不及祈年湾，遂悟出蝎子一定要炸得酥脆才好吃，火候差一点，就会谬以千里。

至于"虫蚁"二字，今天的解释无非是昆虫蚂蚁，古义却大不相同。宋元以来，虫蚁可以指一切飞禽走兽，容与堂本《水浒传》第二十三回武松打死的老虎，当时叫"大虫"，阳谷县的榜文曰："阳谷县示：为这景阳冈上新有一只大虫，近来伤害人命……"。梁山泊排名第一○一位，劫狱反登州的女豪杰顾大嫂绰号"母大虫"，即母老虎。金代董解元《西厢记诸宫调》有【搅筝琶】曲曰"虫蚁儿里多情的莺儿第一，偏称缕金衣"。是以莺为虫蚁。又《金瓶梅词话》第二十四回，写潘金莲与陈经济调情，潘云："贼短命，你是城楼子上雀儿——好耐惊耐怕的虫蚁儿！"是以雀为虫蚁之证。由此看来，《汉语大词典》对"虫蚁"的释义仍有未善，还是我的师爷许政扬先生的考论最为惬当，他说："所有一切古昔目为'虫'的，不论飞禽走兽，昆虫鳞介，无不可称'虫蚁'……'虫'字古义，本可作为动物的总称。"（见《许政扬文存》中华书局1984年，第68页）当然，近代以来，伴随科学的昌明，动物学的类、科、目、属愈趋细化，今日已不适宜用"虫蚁"称一切飞禽走兽，本篇的题目"蛇蝎虫蚁"即是以"虫"的今义联类取譬。

北京人过去吃得较多的虫是蚕蛹和蚱蜢，蚱蜢一般称蜢蚱，即蝗虫，油炸后喷香，可以下酒。至于蚕蛹，则体稍大，蒸煮炸皆可，据说内含蛋白质，可补无肉之炊。韩国的小吃街通常也都有售，煮熟了挂在食品车上，很受欢迎。二十世纪五六十年代，东安市场一进北门，有个卖零食的摊位，其中一个小玻璃槅内放着一种很丑陋的虫，紫墨色，橄榄大小，样子很狰狞，似乎还有透明的翅膀。有一次同金寄水先生饭毕从那路过，寄水先生指着那虫子说："这个好吃，是龙虱。"后来查书，知道是闽粤一带的特色。徐珂《清稗类钞》云："粤东食品，颇有异于各省者。如犬、田鼠、蛇、蜈蚣、蛤、蚧、蝉、蝗、龙虱、禾虫是也。"又云："闽人食龙虱也，取其雌者食之。雄者不堪食，食之无肉。嗅之，咸臭不可当。投之酒中，亦无味。闽人谓其嚼后口中作金墨香。若设盛席，辄供小碟一二十，必以此品居上。碟中铺以白糖，仅缀数虱于其上而已。粤人亦嗜之。"朱竹垞还有《聒龙谣》小词描绘食龙虱之雅。看来论吃虫子，北方人是比不过南方人的。不过，大概闽粤人到了云南吃虫子，恐怕也要甘拜下风。云南有虫宴，一席十几道皆虫。我曾在什刹海的一家云南馆吃过一次虫宴，大多是不知名的虫子，有些外形蠢懦，亦有面目凶悍者，实在难以下箸。

天津静海区的团泊湖附近有家金鱼村饭馆，以水库鱼著称，逢假日，多有北京人驾车来食鱼。店内亦烹虫，如炸蚱蜢。另有一种，当地叫瞎达碰，实即金龟子，俗称油壳螂。亦以油炸，可下酒，味不恶。

◎ 说韩国饮食（一）

如今韩罗苑、三千里、汉拿山等韩式餐馆已是遍布中国各地了，所取食材亦皆就地筹措，味道渐趋中国化。然而三十年前，除吉林延边一带，内地的朝鲜风味餐厅尚属凤毛麟角。中韩建交是在一九九二年的八月，民间的交流自然还要晚些年。

我于一九九七年九月至一九九八年八月在韩国庆尚北道的岭南大学客座一年，充分领略了韩国的饮食文化。若用四个字来概括韩（包括朝鲜）餐的特点，乃是古朴本色。器皿多用陶制或青色瓷，烹饪方法主要是烹煮炙煎，每餐必人有一羹，韩国人称汤，若鳅鱼汤、鳆鱼汤、大酱汤、泡菜汤、海狗汤、牛骨汤、海带豆腐汤……不一而足，是为主菜。且随季节变化而更替，如立秋必食鳅鱼汤，就是将泥鳅剁碎，和以干菜等物，烹制一羹，据云颇有滋补之效。售价五千韩币，相当于一九九七年的人民币三十五元左右。又有参鸡汤，要七千韩币。一只雏鸡，去毛去内脏头爪，一小根高丽参，径一公分许，加糯米，填入腹中，水煮几十分钟即盛深盘付客。食之软糯适口，兼有鸡和参的本味，而且连饭带菜冶为一炉，无需另费周章了。

韩半岛地域偏狭且多山，三面环海，耕地匮乏，物产较为单一，因此，这个民族数百年来形成了素朴克己的饮食文化，粒米寸蔬，皆珍惜备至。二十世纪七十年代，韩国经济飞速增长，实现"汉江奇迹"，很快成为"亚洲四小龙"之一。但韩国人的饮食并未伴随经济的腾飞而走向奢靡，事实上，直至今日，韩国的餐饮依然固守着传统。一日三餐，每餐一小碗米饭，佐餐必有泡菜，人手一汤（羹），或点缀两样小菜，平日很少食肉。海产较多，或置于羹中提味，或偶尔煎鱼食之。食毕，餐桌上绝无遗馔。

韩国的牛肉味道绝美，价格是猪肉、鸡肉的四五倍。到烤肉店吃一顿烤牛肉，对韩国人来说就像过节。食客围着一张张矮桌席地而坐，几位阿祖玛（韩语，相当于大婶儿、大嫂一类非亲属之中年妇女）穿梭忙碌，用夹子将长长的牛肉片铺在炙子上，烤得将熟，再用剪子剖开，放在各人面前的碟子里。一人照顾几张桌子，忙而不紊。碟子有数个，里面放不同的酱，用来搭配牛肉的不同部位，烤肉的油烟都被炙子下面的抽风机吸走，只有浓浓的肉香与炭香扑鼻。夹上一两片，蘸好酱、大蒜片、姜丝，青椒丝，包上生菜叶或紫苏叶，入口大嚼，南面王不易也。听韩国学生说，韩牛就是老黄牛，可为什么中国的老黄牛没有那么香呢？我猜可能是饲料的缘故。

韩国的小饭馆点餐只点一味，如点大酱汤（韩语谐音：金张吉给），标价三千韩币，泡菜、米饭都是搭配好，无需另算账。烤肉按一人份、二人份算账，中国人每位至少要吃二人份。

亦有宴席，比如学校的外事部宴请外国教师或国际会议，有时是西餐，牛排为主菜。若韩餐，则有点像天津的八大碗，必有牛骨、煎鱼、生鱼片等，小菜会摆上八碟，红泡菜、白泡菜、海带丝、桔梗等等，相比于中国的宴席，还是菲啬得多，往往不能果腹。

◎ 说韩国饮食（二）

程朱理学浸染韩国文化的方方面面，如长幼尊卑之序、师弟男女之礼，都严守矩度，不容淆乱。餐桌上，晚辈给长辈敬酒，弟子与老师碰杯，是不能当面啜饮的，需要背过身悄悄饮罄。酒礼尚右，也就是不能用左手执杯、敬酒。吃饭时不能端起碗来，只许用箸夹饭入口。好在韩国大米品质精良，有黏性，不似我国南方的糙米，粒粒孤行，绝不粘连。

狗肉在韩国地位奇高，雅人称之为"香肉"，一般老百姓是吃不起的，最多就吃个狗肉汤，也是剁成末，和以各种菜，烹成一钵，有肉味而不见肉形。说起狗肉，养宠物狗的必怒不可遏，其实《黄帝内经》中讲的"五畜为益"之"五畜"即指牛羊豕犬鸡，则中国人吃狗肉的历史少说也有两千多年。延边的朝鲜族不消说，贵州的花江狗肉，广西的玉林狗肉，丰、沛的鼋汁狗肉皆享誉四海，至今不衰。吾人该关注的应是食材的来源是否合法而非食与不食的问题。

岭南大学的校长每学期会宴请全校的教授吃一次狗肉，我有幸曾预几席之末。时间在夏初的假日，席设校内的宜仁精舍，是一幢清代的木质建筑，一百多年前是座书院，木色已发黑，尖顶大屋脊，四方形，内为学舍，外则廊柱俨然。一张张长方形的矮桌沿回廊摆于四方，全校近百名教授皆席地而坐。厨师是专从外面请来，看不到如何烹炮，只见一盘盘切成大片的狗肉陆续端上来，据说是配置多种中药白煮而成，肉香四溢。吃时，蘸酱加蒜片、姜丝，用生菜叶包裹，味道醇厚香浓，不失本色。饮以韩国烧酒，觥筹交错之际，韩国人会行一种酒道，即将自己的酒杯斟满，双手奉上。这时，你要接过来一饮而尽，择机再将自己的酒杯斟满，也双手奉上。过一会儿，你还要主动地再敬人家，礼尚往来，以示莫逆。最后每人一瓯狗肉羹，一碗米饭。

韩国的烧酒地位略似北京的二锅头，是平民百姓日常所饮，价格较低廉，但度数只有二十三到二十五，并非粮食酿造，喝多了会头晕。对于我这个自幼喝六十五度二锅头的蒙古族北京人而言，韩国烧酒实在没什么酒味。有一次晚上与韩国友人连喝了三个酒店，我一人喝了三瓶半（一瓶大约 370 克），结果酩酊大醉，头痛了一整天。后来便尽量不饮烧酒，而改成了威士忌，但价甚昂，不能尽兴。还有一种安东烧酒，四十度，稍有汾酒的清香，属于韩国的文化遗产，自然也是贵得喝不起。

2016 年 1 月 20 日

◎ 说韩国饮食（三）

弱冠读巴尔扎克的《邦斯舅舅》，邦斯舅舅是个独身的小老头，购藏的古董名画价值连城，为人却一毛不拔，常常到亲戚家蹭饭。亲戚虽讨厌他，但碍于辈分，也无可奈何。他最兴奋的事是在餐桌边坐看亲戚家主妇端着一锅肴馔从厨房走过来，锅盖冒着热气，他则快速地揣测锅里会是什么美味。我后来成了一名老饕，渐渐对邦斯舅舅有了"了解之同情"。在国内餐馆宴客，大多由我点菜，端上什么，了如指掌，没有悬念，也便失了想象的乐趣。出了国，语言不通，一切由人打点。赴宴吃什么，一概不知，于是遂生无穷妙处。当然，有时会大失所望，更多的时候则会惊艳窃喜。

在韩国第一次吃鱼生便是如此。我此前虽熟读《诗经·小雅·六月》之"饮御诸友，炰鳖脍鲤"与《论语·乡党》之"食不厌精，脍不厌细"，但在国内却没有吃过生鱼。到韩国不久，有一天中午，李章佑等三位教授共邀午膳，李教授精通儒学，韩国一千元纸币上即印着其先祖理学传人李退溪的头像。四人乘车至庆山一餐馆，一单间，一矮桌，席地而坐。每人面前一箸、一小碟，碟中少许酱油，内有绿色芥辣一小坨。我不知吃什么，看别人用箸搅和碟内的酱油芥辣，便也照着做。约半小时后，服务生端上一竹器，长方形二尺许，上高下低呈坡状，边缘点缀翠树小亭，底铺绿叶，中间整齐叠放着一排排的生鱼片，粉白黛绿，俨然一幅园林图景，令人不忍下箸。吃时夹一片，蘸少许芥末酱油，入口鲜嫩爽滑，妙不可言。而不同的鱼片又有不同的口感，那次一共是四种鱼，我只记得有比目鱼、鲷鱼，另两种没有对应的汉语。我从此便理解了孔夫子为何要"脍不厌细"，也从此便爱上了生鱼片，且一发而不可收，到济州岛、东海岸吃刚打上来的鱼生，偶尔也会换换口味，去吃日式的刺身，至今乐此不疲。

　　韩国人吃鱼生不似日本人讲究，三文鱼、金枪鱼几乎见不到，但偶尔能吃到河豚，鲜美无比。有些韩国人周末度假，举家到一个湖边搭个帐篷，钓上鱼来，当即切片生食，亦不失野趣。

　　韩国人喜食生鲜。岭南大学附近有家餐馆，叫"松枝"，类似于日本的定食，亦即套餐，价格昂贵，每位一万五韩币。依次上泡菜、凉拌菜、烤肉、生蚝、生鱼片、生蟹、汤、饭。量都不大，但能果腹。生蚝、生蟹都极鲜，个头不小，但海蟹、生蚝连汁带肉入口咀嚼的口感我实在不大适应。倒是有两次与韩国教授在一家餐馆饮酒，上了一道活的八爪鱼，切成段，依然蠕蠕蠕动，夹一箸入口，则有吸盘在口腔内四处游走吸附，呈舌牙与鱼爪盘结扭打的状况，颇为有趣，味亦不恶。另一道为生牛肉，量甚少，皆切条状，已用酱料拌好。据云价甚昂，味道奇美，入口而化，真佐酒之上品。

2016 年 1 月 22 日

◎ 说韩国饮食（四）

韩国的泡菜已申遗成功，许多中国人不屑，说你一个泡菜也好意思申报联合国的非物质文化遗产，那我们该有多少美食要申报啊！这多少有些错会了文化遗产的含义。联合国教科文组织《保护非物质文化遗产公约》定义

"非物质文化遗产"指被各社区、群体，有时是个人，视为其文化遗产组成部分的各种社会实践、关键表述、表现形式、知识、技能及其有关的工具、实物、工艺品和文化场所。各个群体和团体随着其所处环境、与自然界的相互关系和历史条件的变化不断使这种代代相传的非物质文化遗产得到创新，同时使他们自己具有一种认同感和历史感，从而促进了文化多样性和激发人类的创造力。

窃以为依照这个定义，泡菜被列入世界遗产名录，并无不妥。因为朝鲜民族世世代代传承了泡菜的制作技艺，且有所创新，更重要的是，泡菜已经融入这个民族的历史血脉，成为饮食文化的鲜明标记。韩国足球队出国比赛，要随机托运泡菜。以前人家娶妻，也要检验媳妇做泡菜的技艺。家家户户，推陈出新，一年四季，每餐必食。要找一样与之相对应的中国小菜，还真是戛戛乎难矣哉。盖因中国幅员辽阔，各地风俗不同，难于一致。

泡菜的制法一般是选用大白菜，去根剖两半，洗净放盐腌渍。制糯米粉糊，熬开晾凉，放姜末、蒜末、辣椒粉、梨汁，搅拌成酱。俟白菜变软，则层层涂抹，加水芹、韭菜，讲究一点的还要抹上虾蟹鱼蛤制成的海鲜酱，而后密封冷藏发酵，三五天后即可食。韩国泡菜含有丰富的乳酸菌及维生素，好的泡菜口感微辣咸酸，回味略甜，能吮到海物的鲜，是佐餐的佳品。由泡菜还可衍生出很多美味，如金枪鱼泡菜汤，极其鲜美。用猪五花肉切片略煸炒，加入泡菜汤，加豆腐块，煮成一锅，亦是下饭的美馔。年糕切片入泡菜汤煮，软糯酸咸适口。我还去过一家专以泡菜享名的餐馆，亦在岭南大学左近。他物悉无可称，但泡菜确是一绝，端上来是几个红白相间的白菜卷，红的是酱，白的是菜，有点像北京的芥末墩。吃时方才发现，原来每一层白菜下面都夹着一层猪肉，是煮熟后切片放入的，味道颇不恶。吃这样的泡菜我平生也仅此一次。

除了白菜，萝卜也是制泡菜的原料，做法大体相同。还有红白之分，红的是萝卜块，白的是萝卜片，带汤，味道近似四川泡菜。一顿饭，上三四碟不同的泡菜是常例。

2016 年 1 月 27 日

◎ 说韩国饮食（五）

　　韩国亦有面食，但不做馒头、烙饼、包子。当年我有两位东北籍的同事先后到韩国岭南大学客座，他们吃惯了馒头、大饼，受不了一日三餐的米饭，只好到超市买来面粉、发酵粉，自己试着蒸馒头。韩国人吃面食主要是面条，常见的是炸酱面，韩语也叫炸酱面，不用说是来自中国。但做法不一样，面条煮好放在大盘里，大量的酱几乎覆盖满盘，味道与北京的炸酱面全然不同，首先是没有肉，其次是没有任何菜码，除了浓浓的酱味，再无他韵。我常说：凡是饮食文化不发达的地区，酱一定多姿多彩。韩餐便印证了这个道理，韩餐的酱不一而足，千变万化，吃什么东西，蘸什么酱，甚至吃一种东西，也要分部位蘸不同的酱。

　　还有一种豆浆面，庆山一家面馆专售，面条煮好，盛在碗中，加盐，浇上热豆浆，倒是别具一种淳朴的风味。至于冷面，是以朝鲜冷面为佳，用荞麦制面条，细而筋道，牛肉熬汤，煮面晾冷，加梨条、黄瓜丝、鸡蛋，再浇凉汤。特点是冷，味醇厚，宜夏食。

也有饺子。中国过去有句谚语：“好吃不如饺子，舒服不如倒着。”但韩国人吃饺子却不像中国人似的大嚼几十个，通常是做成饺子汤或煎一盘成一道菜。

韩国人喜食年糕，过春节时，家家户户自制年糕，祭拜祖先，必不可少。炖年糕、年糕汤、烤年糕串、花煎饼、松糕、厚糕、牛头糕、艾蒿糕、南瓜干儿糕，花样繁多，各随季节而登场，口味亦变化多端，要不离于软糯酸甜。

韩国人一般不讳言朝鲜的烹饪技艺略胜一筹，因此公推江原道的肴馔独冠全国，而江原道恰恰是南北共享的八道之一。其地处东部滨海，各种鱼生颇鲜美，烤明太鱼味道纯正，还有当地特产三熟鱼，用大酱炖出，味道远胜天津的爊鱼。此外，这里的鱿鱼粉肠、烤鱿鱼、烤沙参、海藻饭团都是美味。西部岭西则种植土豆、玉米、大麦等，故饮食风尚稍有不同，如土豆饭，很有特色。豆腐荤杂烩：将豆腐切片，蘸上淀粉，中间夹牛肉片，用水芹捆扎，置铁锅内，放蔬菜加酱汤烹成，味颇佳。又有土豆汤圆、橡子面凉粉儿、煎土豆饼，都是不错的小吃。

2016 年 1 月 28 日

◎ 说韩国饮食（六）

早些年国内上演过一部韩国的电视连续剧《大长今》，收视率不低，属于宫斗类型，据说其中一个看点就是剧中展现了朝鲜王宫御膳的多姿多彩。我因此便留意，看了几眼，果然有很炫目的美馔，但看到朝鲜国王自称"朕"的时候，我遂闭屏不观了。连续剧讲的是十五世纪末到十六世纪前期的故事，彼时朝鲜王朝是明朝的藩属，国王尚需明朝皇帝的认可，每年需要进贡，对明朝皇帝称臣，若称朕则是大大的僭越，足以招致大明的讨伐。两边的史料全备，可以证实。

尝阅清代笔记，谈及皇上的御膳，道光以前往往一餐百多道菜，实则皇上只吃面前的几道，放在远处的往往一热再热，往返多日，几近臭腐，真乃暴殄天物。然则《大长今》里的膳食亦不免美化之嫌。

真正的朝鲜王朝御膳什么样呢？三张矮桌，一矩形，两圆桌，鼎足状放置。方桌在前，右置烤炉。桌上放备烧烤的肉片、炖牛骨汤、荤杂烩、辣酱、酱汁汤。左面圆桌依次摆放崧耳泡菜、酱汁、萝卜泡菜、蔬菜、干菜、光圈、煎小鱼、酱果、蔬菜（应为第二种）、酱、肉片、烧烤，吐碗（渣滓、鱼刺等吐入），清酱、醋酱、醋辣酱、白饭、盒汤。右下边放两副银匙、两副箸。右面圆桌依远近放置盘碟茶具、茶壶、空瓷碟、炖食、生肉、荷包蛋、银碗、荤杂烩、小豆御膳。象牙匙箸。周边有三数宦官侍奉，称"品味公公"或"御膳公公"。这应是一百多年前朝鲜国王的一顿正餐，不知吾人读了做何感想。相比于天朝的御膳，是不是有些菲啬呢？下面就介绍一下清朝的满汉全席，见于清人撰著的《调鼎集》，由于内容繁复，略去制法，只列菜名：

　　汉席：金银燕窝、野鸡烧鱼翅、野鸭鱼翅、燕窝把、菜薹煨鱼翅、燕窝球、蟹饼鱼翅、什锦燕窝、肉丝煨鱼翅、螺丝燕窝、八宝海参、瓤海参、海参丝、八宝鸭、海参野鸭羹、家鸭瓤野鸭、海参球、板鸭煨家鸡、撕煨鸡、鸭舌煨菜薹、瓤鸡圆、关东鸡、番瓜圆炖羊肉、大炸鸭、锅烧羊肉、红炖鸡、燕翅鸡、爬爪子、白苏鸡、松仁鸡、金银肘、荔枝鸡、还块火腿、刀鱼饼、煨假熊掌、鳇鱼、煨假甲鱼、面条鱼、烧鹿筋、白鱼饺、白鱼圆、锅烧螃蟹、文武肉、大炒肉、群折肉、建莲煨肺、猪肚片、煨鲜蛏、煨蛏干、烧蛏、豆腐饺、豆腐圆、松仁豆腐、杏仁豆腐、口蘑豆腐、冻豆腐煨燕窝。

满席：全猪、全羊、烧小猪、挂炉鸭、白蒸小猪、白蒸鸭、爬小猪、糟蒸小猪、白哈尔巴（肘子）、挂炉鸡、烧哈尔巴、白蒸鸡、松仁煨鸡、烧肋条、白煮肋条、搜娄、红白杂碎、猪骨髓、羊照式、羊肚。

2016 年 1 月 29 日

◎ 说韩国饮食（七）

上文谈及韩国电视剧《大长今》，我怀疑"大长今"这个词来自汉代的"大长秋"，《汉书·百官公卿表》载："成帝鸿嘉三年，省詹事官并属大长秋。"颜师古注曰："省皇后詹事总属长秋也。"詹事是秦朝所设官，专门服务于皇后和太子，汉初沿袭，到汉成帝鸿嘉三年（公元前18年），将伺候皇后的詹事撤销，职事归于大长秋。位列十二卿之一。大长今也是侍奉王后的，一字之差，或许是藩国降一格的称谓，我没有查朝鲜的文献，不敢遽断。

朝鲜民族历史上多灾多难，古有高句丽、新罗、百济三国之争，近世以来，又遭日本关白丰臣秀吉侵略，复受建州女真之袭扰，二十世纪被日本殖民三十余年。艰苦竭蹶，也使得这个民族养成了吃苦耐劳、自尊不屈的性格。反映在饮食上，就是吃得简单量少。中国人普遍有饥饿的潜意识，甚至成为基因记忆，代代传承。一旦日子好过了，则拼命地吃。"饱"的概念在国人基本可以对应于"撑"，所以如今肥胖症流行。韩国人则不是，只吃七分饱，一米八的小伙子一顿也是一碗米饭，而且肉食偏少。所以，在韩国街头闲步，很少看到胖子。长期的七分饱，慢慢也就习惯了。我回国的时候，腰围缩了近三寸，但体能丝毫未减，足见饮食简素的好处。

再一点是"去外国化"。毋庸讳言，朝鲜民族的饮食长期受中国、日本的影响，不可能不留痕迹，却是有选择地吸收。中国的宋朝已发明了炒菜，且迅速普及大江南北。但韩国至今基本无此烹饪方法，这可能与韩国人忌油烟、忌油腻有关。只有一种杂菜，略似炒菜。将煮熟的粉丝、牛肉丝、菠菜丝、胡萝卜丝、木耳等煸好后，调和在一起。却不似中国炒菜用旺火烹油，而只用温油。

刺身指生鱼片或北极贝等，称谓应是出自日本人。"寿司"一词也是东瀛首创，毫无疑义。但在韩国，只说生鱼片，不提刺身；只说紫菜卷，不提寿司，这是明显的"去日本化"。

天津的水上东路有一家叫作"青瓦大"的韩国菜馆，名字很像韩国总统府，味道颇为纯正，如今早已歇业。我没有去过朝鲜，无资格评论那里的饮食，但在天津、北京吃过朝鲜人经营的餐馆。二十世纪末，天津广东路上有家朝鲜菜馆，位置很隐蔽，名字记不得了，里面却很宽敞，最大的特点是服务员个个都是精挑细选的美女，膳食则与韩国料理无大差异。北京近年兴起的平壤绫罗岛也是很正宗的朝鲜餐馆，服务员也都来自朝鲜，也都美丽，也都操着蹩脚的汉语，每天会在规定的时间为食客表演朝鲜歌舞。

2016 年 1 月 31 日

◎ 日本料理

　　我没有去过日本，但很喜欢东瀛菜的风味。年轻时在北京东安市场一家西餐馆吃过一顿鸡素烧，感觉不错。一九九七年，在韩国汉城（现已更名为首尔）吃到了一次纯正的日本料理，做东的是韩国人朴均羽，北大中文系博士，后来在水原大学执教。对于金枪鱼、三文鱼刺身的鲜润口感印象殊佳，不过价格甚昂。翌年返国，京津两地逐渐有了日料店，不过基本都是自助餐。过了几年，北京大渔的名声开始彰显，大约是新世纪初的某日，女儿和她一位同事邀我去了三里屯的大渔，是铁板烧的格局，食客围坐在长长的烤桌周边，几位厨师将食客选好的食材炙熟后夹入个人碟中，油烟都被厨顶的吸烟机抽走。亦有三文鱼、北极贝等刺身及各种小菜，可以随便点，店内提供免费的清酒，烫一壶，喝一壶，再烫再饮，不过酒味略薄。价每位168元，不是当时的普通工薪族可以随便问津的。台湾人开设的金钱豹自助餐涵盖多种菜系，亦有少量日本风味菜，六七种鱼生可自取，还有小壶装的松茸汤、日式蛋羹。一时生意兴隆，缺点是面积太大，取一趟菜要好久，盘子所限，又拿不了多少。刚坐下拟与同伴边吃边聊，同伴盘子却空了，常有一种错位的感觉。如今各地的金钱豹分店似乎都消失了。

天津自二十一世纪初，也兴起了不少日本料理店，如大渔，距南开最近的是柚子林、穗瑞两家自助餐，在水上北路比邻而居，店主都在日本居住过数年。食材皆来自国内，新鲜度不能与日本相比。柚子林有海胆，不过要加钱。有一次和同事张铁荣教授在此小聚，饮店内免费提供的清酒，每人连饮了四壶。这种酒有一点清酒的味，但更多是酒精兑水的感觉，饮多了会上头。张教授去了趟洗手间，久而不返。我遂前往探视，一推门，大惊，见张躺倒于地，腰部硌在便池前凸起的部位，面露苦色。急忙搀扶起身。出租车见状一概拒载，只得搀扶步行返校。张教授身高一米八几，时已神情恍惚，行走殊不易，一路抱树狂呕。一公里的距离走了一小时，终于送到其府上。三日后打来电话，告诉我翌日讲课时倍感腰痛，医院诊断为五根肋骨损折，须穿特制背心静养两月。闻知惊悚，亟往探视。深感劣酒害人，从此不饮此类免费酒。

稍远一点，水上东路有家千登世，是较高档的日料店，开在一家写字楼内。乘电梯上楼，较正宗的日式装潢，木隔扇、榻榻米，不过为了方便国人，矮桌下辟有空间，可以伸展双腿，不必盘膝而坐。点餐，亦可选固定套餐，然价格不菲。生鱼片和天妇罗炸虾都很精致。吃的次数多了，渐渐悟出日本料理的关椟：品味价值的高低，端视食材的来源与新鲜度。梅江一带有家叫梵川的高档日料店，门面很小，标准的日式格局。食物极新鲜。如果要吃河豚刺身，需要提前一周预订，食材从日本空运，蘸着店内自己调制的酸汁，自然是妙不可言、齿颊皆香了。再配上松竹梅、菊正宗或獭祭之类烫好的清酒，便南面王不易也。其他如飧亭、奈良汀也都是不错的日料店。

辛丑初夏，经一位朋友引荐，结识了艺术家李铁，中国艺术研究院音乐研究所的博士，在南开读博士后，年四十许。擅钢琴，身高体壮，光头虬髯，深目高鼻，俨然高加索人。性情洒脱豪爽，酷好饮馔，而囊中甚丰，遍尝各地美食。与余倾盖相交，一见如故。请我吃了三家据说是天津最好的日本料理。第一家在耀华中学西边一条小巷中，从一个狭小凌乱的后院步入日式餐室，也未见招牌，听说叫"鱼鱼鱼"，凑在一块恰好是个"鱻"字，汉代开始改成"鲜"了。李铁和老板、主厨都极熟识，略略耳语，老板即心领神会。不一时，菜陆续呈上，皆精致可口，是大阪一带的关西风格。鱼生和寿喜烧都很出色，还有海胆、生蚝和马哈鱼籽，据说许多食材系日本进口。李酒量亦豪，一次能饮一斤茅台。

第二家叫八采，在奥林匹克大厦内，是家铁板烧店。牛舌、牛肋、牛腩皆品质甚佳，同席六人，李铁持箸炙烤，俟熟，将肉剪开分置诸人盘内，颇似经验老到之庖师，翻覆之际，自得其乐，时出妙语，畅怀解颐。从中也悟出一个道理，最原始的做法——炙肉，也许是最好吃的。不过此店花费不赀。

第三家名"登"，为寿司店，也在奥林匹克大厦内，与八采同一老板，一位非常干练的青年女子，也是李铁的朋友。纯日式的木质单间，还是那六个人。第一道前菜，每人一五格手碟，分别是螺片、鲍鱼片、海参、海虾、海发菜，每种仅两箸。余与李铁仍饮茅台，他人皆推故不饮，或曰打了疫苗，或曰糖尿病。菜上得很慢，良久，又上了一道酿蟹。是将蟹肉剔出，料理后置入蟹壳，味隽永，有点像袁枚《随园食单》中记载的"剥壳蒸蟹"。接着是鲑鱼子与海胆的双拼，极鲜美。很快，每人又上了一只木质红色小盅，开盖一看，是一道汤羹，量极少。内有鱼翅，味醇厚。俄，寿司拼盘呈上，有蓝鳍金枪鱼、三文鱼腩、目鱼、海白虾寿司等，色香味形，俱臻上乘，据云食材皆自日本运来。当日每人十一道菜，食物摆盘皆甚精致，颇具艺术感。不过，后来听说每位消费要数千元。

◎ 在美国吃烤鸭

　　二〇一五年四月下旬，我应哈佛燕京学社之邀，去美国开会，正是东海岸乍暖还寒之际。会议结束当晚，燕京学社于哈佛大学左近一家叫作"常熟"的餐厅设宴送别与会学者。店面很大，据说是哈佛附近最具规模的中华料理店，老板是台湾人。我的同桌有卫斯理学院的魏爱莲教授、美国西北大学的曾佩琳教授、密歇根大学的林萃青教授、哈佛大学的田晓菲教授等，美国人听说有烤鸭，个个喜形于色。及至端上来，却令我错愕不已。每人一个大卷，半尺多长，很像山东煎饼，鸭肉已经卷在里面，葱酱也已替你夹入，你握着大口咬嚼即可。尤其不可思议的是，每人还有一只烤好的鸭腿，也只能用手拿着啃。这和北京的便宜坊、全聚德、东兴楼、大董以及天津的正阳春烤鸭真是南辕北辙，但我看美国人则吃得津津有味，大快朵颐。稍后上来的煎鳕鱼倒是鲜香软嫩，宫保鸡丁、烧茄子、炒虾仁亦中规中矩。

随后到纽约观光。纽约的唐人街街口立着孔夫子的塑像，街上中餐馆错落，鳞次栉比，满街的华人，满目的汉字，恍若置身国内随便一个城市的商业街。在这儿可以吃到极纯正的中国菜，有一天到金麒麟吃粤式早茶，规矩全同广州，华人服务员推着餐车徜徉于大厅内，叉烧包、虾饺、榴梿酥、肠粉、豉汁凤爪、萝卜糕、各种潮汕粥，味道均十分正宗。就连掀起茶壶盖，要求添水的习惯也同广州毫无二致。举目四顾，十几张桌子，除我旁边坐了一位美国人（我的表侄女婿），竟全是华人。

我的表侄女毕业于天津大学，一九九八年赴美读硕士，毕业后就职于纽约的高盛公司。她带我去了一家上海菜馆，不在唐人街，而在曼哈顿下城很隐蔽的一个街角，英文名：CHINA BLUE，汉语叫作"倾国"。有点吓人，是说这里的美味足以倾国还是吃了美味的人会倾国，我至今没弄明白。推开厚重的大门，一派民国老上海的公馆风范，大厅顶上十几盏古色古香的吊灯，笼着昏黄的光束，深色的屏风，深色的餐桌，一台古铜色的留声机似仍沉湎于当年上海租界的颓靡浪漫。菜是本帮加一点淮扬的味道，响油鳝糊、蟹粉豆腐、清蒸鲈鱼、炒年糕、烤麸，饮澳洲红酒。加上小费，每人三十多美金。

后来又到费城和华盛顿，对美国的饮食总的感觉是如海纳百川，无所不有，而且各擅其能，各安其业，正如这个国家文化的开放兼容。西班牙的餐馆海鲜饭绝美，但装潢的浓艳炫目与食客的喧哗嘈杂，丝毫不减于国内的郭林、天外天、大鸭梨、太熟悉等家常菜馆。而法国餐馆、日本料理店的一丝不苟、精致雅静也一如在本国。此外，印度的、阿拉伯的、东南亚的甚至非洲的风味，也是随处可见，任君择取。

2016 年 1 月 26 日

◎ 厉 家 菜

三十年前，北京后海羊房胡同 11 号的厉家菜可谓名噪京师，常有外国政要、各界名流来此进餐的传闻。据厉家菜传人介绍，其祖上厉顺庆同、光间任内务府大臣，主管御膳房。卸任后，将慈禧享用之菜肴及烹饪之法记录并传之后人，是以得名。但我检索《清史稿》《清史列传》《清代人物生卒年表》，并无厉顺庆其人之载记，网上所言其祖上厉子嘉亦无载录。殆不能与谭家菜之清晰眉目同日而语。不过，内务府差事不隶外朝，不入品阶，乙部书不录也属正常现象。

没有招牌，每日一席，需提前数周预订，食客不能点菜，每位价格在三百至两千元间。宫廷口味，高格而低调，恰当的神秘感，让这家小店在京城的市井中口耳相传，声名显赫。过了几年，天津也有了分店。新世纪，走进台北的一〇一大厦，也赫然看到了厉家菜的招牌，据说还开到了东京。

这样的饭馆，对我来说，当然是魂牵梦萦，念兹在兹。终于在十年前的一晚，步入了天津时代奥城酒店公寓17-18号楼二层的厉家菜。标准是每位五百至二千元，我们四位选定的是每人七百的套餐。手碟十样，各档一致，分别是：翡翠豆腐、炸饹炸、野鸡丝炒酸菜、椒盐鳕鱼、麻辣牛肉、炒麻豆腐、鼓板大虾、北京熏肉、芝麻鸭子、芥末墩。每样不过两箸而已。区别在于热菜，亦是十道：青松鲜贝、糖醋排骨、鸭包鱼翅、虾子芹心、香辣鹿肉、清蒸哈什蚂、煨油石斑鱼、小炒茄子米饭、烧北京鸭、冬瓜清汤。另有点心二品：豌豆黄、宫廷奶酪。一律分餐，碗碟皆精致，量较小，全部食竟，恰能果腹。值得一提的是清蒸哈什蚂，哈什蚂即东北林蛙，生长于长白山一带，南方称雪蛤。有滋阴补肾之效，其卵巢即哈什蚂油，于妇女且有驻颜之用，故列入御膳八珍之一。此羹以哈什蚂油温水浸泡约三小时，加鸡汤、料酒、火腿蒸熟，即可食，味醇美。鸭包鱼翅则平平，盖以汤煨欠浓，不足以提振鱼翅之寡淡。

最近听说厉家菜受到很多网友的吐槽，我未感到奇怪。一是它所标榜的口味并不时尚，二是菜的品质或许未能保持。

◎ 把酒持螯谈蟹经

　　十数年前教师节前夕，一位早年毕业的弟子设宴天津"上海年代"酒楼，表达谢意。他征求我的意见，问我点一道醉蟹好不好。我以为是过去多次吃过的铜钱大小的醉蟹，下酒亦不恶，便说不妨。未料端上桌来，竟是手掌大一只紫蟹，加上蟹螯、蟹腿，足足占满了一只鱼盘。服务员先行已将整蟹分解，再合成完整的形态。吃时翻过身来，便见红色的膏盈满蟹壳，红紫相映，膏腴满眼，入口而化，醇美难言。饮以三十年汾酒，其妙不可方物。此种制法，实则仍是江浙一带醉蟹的路数，取生鲜膏蟹，洗净加白酒与绍酒浸泡，加姜、葱、陈皮、白糖，须数日方成，再以酒醪淋上，即可取食。其妙在于酒香与生蟹之鲜融合无间，诚佐酒之上品。若螃蟹过小，则只能啙味，难以快朵颐。或如韩国之食生蟹，因无酒浸，终嫌带腥。

中国人吃螃蟹的历史至少有几千年了，荀子《劝学篇》说"蟹六跪而二螯"，是少算了两条腿。秦朝的《关尹子》一书说："庖人羹蟹，遗一足几上。蟹已羹，而遗足尚动，是生死者一气聚散尔。不生不死，而人横计曰生死。"关尹子说的是：厨师做蟹羹，掉了一条蟹腿在桌上，蟹羹蒸熟了，那条腿还在动。由此联系到生死的哲学问题，认为生死不过是一口气的聚散。汉朝刘熙《释名》讲到了蟹酱、蟹蒩的做法。到了宋朝，就出现了《蟹谱》《蟹略》等专门研究螃蟹的书，比如高似孙的《蟹略》，就从螃蟹的来历、相貌、产地一直说到吃蟹的工具、蟹的品种和味道，以及蟹的进贡、蟹的做法乃至有关的诗赋传说，可以说是一部关于螃蟹的百科全书。苏东坡认为河豚美味，说吃河豚"值那一死"。因为野生河豚有剧毒，所以历来有"冒死吃河豚"的说法。螃蟹却没有毒，可以大啖，其味视河豚，未必不及。故古来知味者与夫饕餮之徒，无不把螃蟹视为绝美之物而乐此不疲。不过越好吃的东西，也往往是难以大口咀嚼的，这就是造物之奇了。如果吃螃蟹也如大嚼红烧肉，首先是没了情趣，其次是螃蟹就要绝种了。所以，吃鲥鱼要小心翼翼地剔刺，还要带着鳞清蒸，不然就散了。吃河豚要冒生命危险。吃螃蟹要仔细地剔抉挖挑，慢咂细品。

《金瓶梅》中的西门庆从清河县的一个地痞恶霸到买官成了山东提刑按察司清河左卫的理刑副千户（从五品的级别），他的饮食习尚其实有一个脱俗入雅的过程，起初是扁食、猪头肉的水准，后来随着财富的暴涨、身价的提升，他的口腹也愈来愈饫甘餍肥，专嗜清雅，喜欢鲥鱼、酿蟹、鸽雏、糟笋还有酥油泡螺、衣梅等精致之物了。《金瓶梅词话》有一段专写酿蟹的炮制：

> 四十个大螃蟹，都是剔剥净了的，里面酿着肉，外用椒料、姜蒜米儿、团粉裹就，香油炸、酱油酿造过，香喷喷酥脆好食。

不过说到底，我认为苏浙一代有些螃蟹的做法，比如姜葱炒蟹，还是失了自然之美。古人云："丝不如竹，竹不如肉，为其渐近自然。"就是这个道理。还是《红楼梦》大观园里的太太小姐少爷们会吃蟹，就是简单一蒸，蘸以姜醋。哺啜家皆知此理。

明代的遗民，曾是贵公子的张岱在《陶庵梦忆》中曾谈及家中（浙江山阴）的"蟹会"：

> 食品不加盐醋而五味全者，为蚶、为河蟹。河蟹至十月与稻粱俱肥，壳如盘大，坟起，而紫螯巨如拳，小脚肉出，油油如蝤蛑。掀其壳，膏腻堆积如玉脂珀屑，团结不散，甘腴虽八珍不及。一到十月，余与友人兄弟辈立蟹会，期于午后至，煮蟹食之，人六只，恐冷腥，迭番煮之。从以肥腊鸭、牛乳酪。醉蚶如琥珀，以鸭汁煮白菜如玉版。果蓏以谢橘，以风栗，以风菱。饮以玉壶冰，蔬以兵坑笋，饭以新余杭白，漱以兰雪茶。由今思之，真如天厨仙供，酒醉饭饱，惭愧惭愧。

清初的李笠翁大概是最爱吃蟹的，他的《闲情偶寄》卷五"饮馔部"有一段专谈蟹。他说世间一切好吃的东西都能用文字形容，唯独螃蟹，心里喜欢，嘴里享受，可是它的美味无法形之于语言文字。每年螃蟹还没出生时，笠翁就开始攒钱，等着它上市。从上市到消失，每天必吃。还要预先糟蟹、酿蟹，以备不时之需。他说："更可厌者，断为两截，和以油、盐、豆粉而煎之，使蟹之色、蟹之香与蟹之真味全失。此皆似嫉蟹之多味，忌蟹之美观，而多方蹂躏，使之泄气而变形者也。世间好物，利在孤行。蟹之鲜而肥，甘而腻，白似玉而黄似金，已造色、香、味三者之至极，更无一物可以上之。"他还说，吃蟹必须自己动手，一边剥，一边吃。要是别人越俎代庖，则味同嚼蜡了。笠翁真不愧美食家之誉也。

乾隆时候的大名士、美食家袁枚写过《随园食单》，他认为蟹用淡盐水煮熟最好，蒸则味太淡。看来袁简斋比李笠翁口重。袁枚还介绍了一种"剥壳蒸蟹"：

> 将蟹剥壳，取肉、取黄，仍置壳中，放五六只在生鸡蛋上蒸之，上桌时完然一蟹，唯去爪脚。比炒蟹粉觉有新色。

依我看，仍属过度烹饪。近代名医施今墨说，螃蟹有六种，依品级而言，为：湖蟹、江蟹、河蟹、溪蟹、沟蟹和海蟹，最差为海蟹。实则恐不尽然，还要看具体的品质。改革开放以来，海外的帝王蟹、面包蟹等纷纷涌入，令国人大开眼界。二〇〇六年，我去俄罗斯符拉迪沃斯托克（中国传统名为海参崴，本来是大清的地盘），到处都卖煮熟的螃蟹腿，经过了冷藏，一尺多长，却见不到蟹身蟹壳。肯定是海中之物，吃起来倒是肉很多，但鲜美润腴则无从谈起。

2011 年 9 月 20 日草就

饕餮支志

    "支志"者，盖由"别志"牵连旁逸而出，涉及饮食之传统礼仪、说部之饮馔描写，冀得窥一斑而知全豹，庶免过屠门而大嚼，聆曲而不能审音也。

慕　宁

◎ 饮食文化摭谈

　　饮食文化，说白了就是吃什么和怎么吃的问题。要想弄清楚中国的饮食文化，就必须上溯到三千年前的商周时期。那是真正的封建时代，天子、诸侯、卿大夫、士、庶人，等级森严，截乎不紊。而维系各个阶层以及亲族关系的纽带则是礼。礼有两重含义，一是仪式，大到祭祀、朝聘，小到男女的成人礼——冠、笄，乡里之间的定期聚会——乡饮酒，都有繁复的仪式规范。二是指贵族各等级所应遵循的行为规范、道德规范。商周是以血缘亲族统治的宗法制度，礼的作用一方面是维系贵族之间的血缘纽带，另一方面是制约规范社会各阶层的行为义务乃至做人的品格。《礼记·礼运》说："夫礼之初，始诸饮食。"也就是说，创设礼的初衷，是从饮食的分配开始的。围绕礼的活动，通常都少不了饮食，无论冠、婚、朝、聘、丧、祭、宾主、乡饮酒、军旅，饮食都是其中重要的环节。后来发掘出来的商周时期的青铜器，大部分是食器、饮器，如鼎、尊、爵、觥、瓠、簋、罍、卮等，各有各的用处、各有各的等级。鼎，首先是煮肉煮菜的器皿，其次才是权力的象征。想要推翻一个王朝，叫"问鼎"，要夺人吃饭的家伙。而尊和爵都是喝酒的器皿，同时也象征高贵的身份。从人的最基本需要——吃喝出发来制定礼仪，这种影响力当然就无穷大了。直到今天，中国人的婚丧嫁娶、庆寿贺节，重头戏不还是饮酒聚餐么。

春秋时管仲讲"王者以民为天，民以食为天"。《尚书·洪范》讲"农用八政"，第一就是"食"，可见统治者是多么重视吃的问题。在治国的理念上，与西方有很大的差异。从古希腊的亚里士多德开始，西方讲政治重视的是"治"，强调管理、监督、惩罚，后来西方的政治大抵围绕这种理念。而中国人的政治观念重视的是"养"，《黄帝内经》讲"五谷为养"，《孟子》讲"乐岁终身饱，凶年免于死亡"。中国古代的农民起义直接的诱因往往是天灾引起的大饥荒。

至于吃什么，则有严格的等级分野。牛是最高贵的食物，最隆重的祭神祭祖的礼品叫太牢，用牛羊豕三牲，这也是天子才有资格享用的。《礼记·王制》："天子社稷皆太牢，诸侯社稷皆少牢。"少牢不能用牛，诸侯祭祀社稷只能用羊和猪。至于底层的贵族——士，也就只能吃些小猪、狗肉、鸡肉和鱼了。战国四公子之一的齐国孟尝君收了个穷门客冯谖，冯谖起初没显出什么本事，只有一把剑，连穗子都装饰不起，拴根小绳代替，却在宿舍里用手指弹着剑，大声唱："长铗归来乎！食无鱼。"孟尝君听说了，就命人提高了他的住宿档次，给他的膳食标准中添加了鱼。可见鱼在当时，还不是很高级的食物。不过，《诗经·小雅·六月》有"饮御诸友，炰鳖脍鲤"一句，是说周宣王宴请征伐猃狁凯旋归国的尹吉甫等人，特地加了几道不常吃的菜——炖甲鱼、鲤鱼刺身。这样看来，鲤鱼又是当时国宴上的珍品了。

◎ 古人过春节

古人所谓春节，指立春之日，与后来的正月初一不同。《礼记·月令》载："立春之日，天子亲率三公、九卿、诸侯、大夫以迎春于东郊，还反，赏公、卿、诸侯、大夫于朝。"立春，标志着一年的起始，所以礼仪格外隆重。郑玄曰："春，阳气出，祀之于户，内阳也。……凡祭五祀于庙，用特牲，有主有尸，皆先设席于奥。祀户之礼，南面设主于户内之西，乃制脾及肾为俎，奠于主北。又设盛于俎西，祭黍稷，祭肉，祭醴，皆三。祭肉，脾一，肾再。既祭，彻之，更陈鼎俎，设馔于筵前。迎尸略如祭宗庙之仪。"关于"五祀"，有不同的解释，如"禘、郊、宗、祖、报"（《国语·鲁语》），如"五行：金木水火土"（《汉书议》），也有说是户内的五种神，即门、户、井、灶、室中霤。王充《论衡》说：门、户，是人平日出入的，井、灶，是人吃喝离不开的。中霤，或指土神、宅神、室中央、窗户。总之是人平居所托处，所以都要祭祀，以祈求一年的平安丰稔。特牲，指单一的牲畜，或羊或豕，只用其一，以示恭敬。"有主有尸"，是说祭祀的时候，设神的牌位和代表神的巫师。祭礼要朝南设神主之位于房中的西面，先用牲畜的脾和肾置于礼器中，因为春属阳中，与人五脏之一的脾对应。在礼器的西面再用黍稷、肉和酒设祭。往复三番，撤下。再陈列鼎俎，烹制牲肉，罗列于筵前。当然，祭神结束，那些酒肉黍稷会被祭祀的人们全部吃掉。

其实，中国人现在过春节的方式尽管花样繁多，情态万殊，但多多少少都会有些古人的传承影响。譬如祭祖、拜土地、祀财神乃至贴春联、剪灯花，家人团聚，共享美食美酿，就都能追溯到千年以上的传统。

倒是宋朝的一些很有趣味的年俗值得说一说。陈元靓《岁时广记》引《皇朝岁时杂记》云："立春前一日，大内出春盘并酒以赐近臣。盘中生菜染萝卜为之装饰置食中。烹豚、白熟饼、大环饼。比人家散子其大十倍。民间亦以春盘相馈。"春盘，是以韭黄、果品、饼饵簌和一盘为食，可视作春饼的前身。百姓家逢春节互相馈赠，这风俗至迟在唐代便有了。《岁时广记》又载："人日，京师贵家造面茧，以肉或素馅，其实厚皮馒头酸馅也，名曰探官茧。又立春日作此，名探春茧。中置纸签，或削木书官品，人自探取以卜异时官品高下。街市前期卖探官纸，言多鄙俚。或选取古今名人警策句可以占前程者，然亦但举其吉祥之词耳。"人日，指正月初七。这一天汴京的大户人家都要做酸菜馅馒头，有荤有素，馅里夹一片纸签或木签，写上官名品级，吃到的人借此预卜将来能做什么级别的官。市场上提前就有卖"探官纸"的，纸上除了官名，也有书写名人警句的，文字总要吉祥如意。

如今的家长，春节期间，到寺庙里求签保佑自己的孩子考取双一流大学，多多少少有一点探官纸的遗意。

2018 年 1 月 30 日

◎ 古小说中的饮食

　　秦皇汉武都热衷长生不老之术，所以秦汉间盛行神仙之说，后来佛教传入，道教始兴，社会上弥漫着谈神说鬼的风气，直接催生了魏晋南北朝的志怪小说。这类小说涉及饮食，便也与常人大为不同，一是多仙道神灵之气。如旧题班固的《汉武故事》，讲王母降临汉武帝宫中，武帝请求王母赐不死之药，王母说："太上之药，有中华紫蜜、云山朱蜜、玉液金浆。其次药，有五云之浆、风实云子、玄霜绛雪。上握兰园之金精，下摘圆丘之紫柰。帝滞情不遣，欲心尚多，不死之药未可致也。"这里王母娘娘提到的紫蜜、朱蜜、金浆、风实云子、玄霜绛雪、金精、紫柰，就不是凡人能见到的长生不老之药了，就连九重至尊的汉武帝，也因为人欲积聚，没资格服用这些药。小说接着写王母拿出七个桃子，自己吃了俩，给了武帝五枚。武帝吃完了，留下桃核。王母问："你留下桃核干啥？"武帝说："这桃味儿特美，我要引种"。王母哈哈笑道："这桃三千年才结一次果，不是你这地盘能种的。"看到这里，不由得让人联想到《西游记》的蟠桃会，孙悟空偷吃的桃子也是三千年一熟。盖古人认为桃属于神品，《山海经》就提到"不周之山……爰有嘉果，其实如桃，其叶如枣……食之不劳"。《神农经》也说："玉桃，服之长生不死。"这类传说中的神物，加上后来道教的外丹学说，便如交梨火枣，越来越奇妙了。

二是多鬼魅趣闻，虽谈鬼说怪，却不时流露人气。南朝宋刘义庆《幽明录》里有一则《新死鬼》，讲一个刚死不久的新鬼，瘦骨嶙峋，遇见一位生前的朋友，已经死了二十多年，又肥又胖。两人聊天，新鬼诉苦说："我饿得很，你有什么法子，请教教我。"老鬼说："这太容易了。你就到人家去闹鬼，人一定害怕，一害怕就会给你吃的。"新鬼于是进了个大村落，东头有个人家，信佛虔诚。西厢是磨坊，新鬼便去推磨，闹得动静很大。主人知道了，对晚辈说："佛可怜咱们家贫，让鬼帮咱推磨。"推完一斛麦，又送来一斛。新鬼一宿没歇，饿得受不了，跑了。他找到老鬼，大为不满，说："你骗我。"老鬼说："你今晚再去，肯定有吃的。"新鬼这次进了村西头一家，这家信道。门旁有春米的碓臼，新鬼便站上去用杵春。人家听见了，说："昨天鬼来帮助东头那家，今天又来帮咱家。咱给他添加谷子让他春。"结果新鬼又忙了一夜，水米没打牙。他大怒而返，对老鬼说："咱两家过去有姻亲，你怎么能这么骗我！给人干了两晚活，一口没吃。"老鬼说："你命不好，那两家信佛信道，不容易动情。你今夜找个普通人家作怪，肯定想吃什么有什么。"新鬼便又到一人家，门前有根竹竿。进了门，看见一群女子正在窗前吃饭。院子里有只白狗，新鬼把狗抱起来，女人们只见狗凭空行走，看不见鬼，大惊。急忙占卜，卜辞说：有客鬼来要吃的，可以把狗杀了，再备上好酒好菜，放院子里拜祀，就没事了。这家人赶紧筹办，新鬼得以大快朵颐。后来，新鬼天天作怪，吃得脑满肠肥。

◎ 饮食中的魏晋风度

魏晋之交，权力更迭频繁，政治极度黑暗，士人站错了队，往往身败名裂，甚至被杀头。像"建安七子"中的孔融、"竹林七贤"中的嵇康，就都因为性情亢直，为统治者所忌惮，而丢了脑袋。士人们对政治前途彻底失望，于是纷纷拾起老庄哲学，"越名教而任自然"，高谈玄理，佯狂避世，服药求仙，纵酒狂啸。志人小说《世说新语》便记录了许多当时社会名流的任诞言行，像竹林名士刘伶，身高不足一米六，长得也丑，但善于自保，平时不怎么讲话，只和阮籍、嵇康交朋友。他也不问家里有没有钱，一天到晚只是喝酒，常常驾着一辆鹿拉的车，带一壶酒，叫仆人扛着铁锹跟着，嘱咐说："死便埋我。"他妻子实在受不了他这么喝，把家里的酒都送了人，把酒器都砸了，哭着劝他戒酒。他说："好，我自己管不住自己，必须在鬼神面前发誓，你去准备酒肉祭祀鬼神吧。"等酒肉摆上来，他跪下祝告鬼神："天生刘伶，以酒为名。一饮一斛，五斗解酲。妇人之言，慎不可听。"随即大嚼狂饮，烂醉如泥。他喝醉了，常常一丝不挂地待在屋里，旁人见了，纷纷讥嘲。他说："我把天地当作房屋，把屋室当作裤子。你们没事到我裤子里来干啥！"这样迹近无赖的行为却让权势者对他放松了警惕，从而得以寿终。刘伶平生只有一篇《酒德颂》传世。

同为竹林名士的阮籍则生得容貌瑰伟，志向不凡。他清醒地意识到在权力斗争异常残酷的现实中，名士随时可能因言论不当丢掉性命，所以他从不谈政治，也不臧否人物，只是饮酒弹琴、登山长啸。翻白眼儿大概是他发明的，遇到不喜欢的俗人，就翻白眼；遇到知己如嵇康，就落下眼珠，变成青眼了。权倾天下的晋王司马昭想和他联姻，让自己的儿子司马炎（后来晋朝的开国皇帝）娶阮籍的女儿，他竟然喝得酩酊大醉，整整六十天，让人家没机会提这事，只好作罢。他实际是借酒避祸，蓄意躲开权力中心。他听说步兵厨里藏有好酒三百斛，就要求做步兵校尉，结果天天烂醉如泥。不过，即使如此，他还是不得已为司马氏取代曹魏政权的所谓"禅让"丑剧写了《劝进表》。阮籍也因此得以善终。由此可知，魏晋之际的饮酒其实不是真的喜欢酒，而只是一种姿态，一种逃避。

《世说新语》还讲了阮籍两件事，一是他邻居的妻子长得很美，当垆卖酒。阮籍和王戎常常到她店里饮酒，阮喝醉了，就睡在她旁边。她丈夫起初怀疑二人有私情，观察了一段时间，什么也没有。二是阮籍亡母，临葬之前，吃了一只蒸小猪，饮了两斗酒。诀别之际，直呼"完了"！大声一号，吐血，很久起不来。

由此可见，阮籍是个不拘小节但有真性情的人。

◎ 莼羹鲈脍

《世说新语·识鉴》载："张季鹰辟齐王东曹掾，在洛，见秋风起，因思吴中菰菜羹、鲈鱼脍，曰：'人生贵得适意尔，何能羁宦数千里以要名爵？'遂命驾便归。俄而齐王败。时人皆谓为见机。"

这段话常被后人作为魏晋风度的典型而津津乐道，以致"莼羹鲈脍"的成语典故沿用至今。张季鹰名翰，吴郡人，父俨，曾任吴国的大鸿胪。张翰年轻时风度才华已名噪江南，后来北上到京城洛阳，被齐王司马冏辟为掾史（约略相当于官员的秘书）。有一天，他看到刮起秋风，不禁思念起家乡的美食——菰菜羹、鲈鱼脍，便自言自语道："人生最重要的是适情惬意，怎么能为个官爵名器就困在几千里外呢？"于是弃官返乡。而司马冏身为大司马，权倾天下，掌控数十万军队，久有不臣之心。张翰离开不久，司马囧终因谋反事败被惠帝斩首，而且曝尸三日。当时的人都认为张翰有先见之明。《晋书·张翰传》亦有相似的记录，不过说张翰思念的是"吴中菰菜、莼羹、鲈鱼脍"，多了一味。按：菰菜，据《本草纲目》，就是茭白，也称菰笋、菰手，生于水中，茎白嫩如笋，可食，味甘。莼菜，又名凫葵，多年生水草，叶片椭圆形，浮于水面，茎、叶背面皆有黏液。嫩叶做羹，味极鲜美。鲈鱼脍，则是专指松江四腮鲈鱼所制的生鱼片，《吴郡志》曰："鲈鱼，生松江，尤宜脍。洁白松软，又不腥，在诸鱼之上。江与太湖相接。湖中亦有鲈。俗传江鱼四鳃，湖鱼止三鳃，味辄不及。秋初鱼出，吴中好事者竞买之。或有游松江就脍之者。"古人吟咏鲈鱼的诗句颇多，如范仲淹的"江上往来人，但爱鲈鱼美"，范成大的"细捣枨虀买脍鱼，西风吹上四鳃鲈。雪松酥腻千丝缕，除却松江到处无。"辛弃疾的"休说鲈鱼堪脍，尽西风，季鹰归未？"指的都是同一种鲈鱼，今天似乎已经不多见了。

我从这则故事中除了领略到晋朝名士的任情率性、自我张扬的风范之外，还看出当时南北地域文化的一些扞格。"莼羹鲈脍"固然只是张翰辞官还乡的一个借口，却也道出了南北品物习俗、饮食风味的差异以及南人在北方的许多不适。试看《世说新语·言语》："陆机诣王武子，武子前置数斛羊酪，指以示陆曰：'卿江东何以敌此？'陆云：'有千里莼羹，但未下盐豉耳！'"陆机是吴国大都督陆逊裔孙，大司马陆抗之子，吴郡人，族望清华，才名籍甚。吴国灭亡以后，陆机、陆云兄弟二人都于晋太康末期到洛阳谋职。王武子名济，太原晋阳人，是司徒王浑的次子，当时任侍中（皇帝侍从，与闻朝政）。羊酪是北方的美食，用羊乳制作。太原王氏是著名的北方贵族。这段话宛如一段影像：王济不无得意地指着面前的几斛羊酪问这位刚来不久的南方贵族陆机："您江东地方有什么东西能和它媲美吗？"陆机回答得也很妙，说您这奶酪差不多相当于我们那儿的莼菜羹，不过是未下盐豉的莼羹。言外之意乃是莼羹浓滑甘美，足敌羊酪。如果再加上盐豉调味，羊酪就比不过了。

2017 年 3 月 2 日

◎ 郇公厨、李太尉羹及虬髯客

唐人传奇将中国小说描情叙事写人的艺术提升到空前的境界，筑起了古代小说的第一座高峰，这其中便自然少不了借饮食刻画人物的精彩片段。

"郇公"指唐肃宗时东京留守、吏部尚书，袭封郇国公的韦陟。其父是睿宗时著名的宰相韦安石，封郇国公。韦氏世代为关中显贵，衣冠人物，熠耀一时。故韦陟府中的饮食驰名于天下。《云仙杂记》载："韦陟厨中，饮食之香错杂，人入其中，多饱饫而归。语曰：人欲不饭筋骨舒，夤缘须入郇公厨。"《新唐书·韦陟传》也说他"性侈纵……穷治馔羞，择膏腴地艺谷麦，以鸟羽择米"。他家厨房每天扔掉的弃物，价值不下万钱。他到别的公侯府中赴宴，尽管摆满了水陆之珍，他也从不下箸，觉得没有一样可口。"郇厨"或"郇公厨"于是成了后世常用的典故，屡屡见诸诗文笔记、小说戏曲，借喻精致考究的私房菜或官府菜，如晚明"秦淮八艳"之一的名妓顾横波家的主厨即有"郇厨"之美誉。

李太尉指的是唐武宗朝宰相、卫国公李德裕。德裕，元和间宰相李吉甫之子，博学孤峭，卓荦不群。唐人李冗所著小说《独异志》云："武宗朝，宰相李德裕奢侈极，每食一杯羹，费钱约三万，杂宝贝、珠玉、雄黄、朱砂煎汁为之。至三煎，即弃其滓于沟中。"类似的记载亦见于他书，如果属实，则李德裕的奢靡似毫不减于韦陟。一杯羹，里面放了宝贝、珠玉、雄黄、朱砂，恐怕是沿袭了魏晋士人炼丹服药的恶习吧，我怀疑它未必好吃。不过，两《唐书》中的李德裕始终都是很正面的形象，有能力，有见识，直陈敢谏，政绩斐然。一直受到牛僧孺、李宗闵党人的排挤倾轧，下场悲惨，死于海南涯州贬所。然则，小说的创作者如果是牛党中人，就不免于诽谤诋毁之嫌了。

《虬髯客》是唐代裴铏《传奇》中的名篇，讲的是隋末天下大乱，各路英雄纷纷举事，问鼎皇权的故事。涉及唐初的大功臣卫国公李靖、隋末的司空杨素、红拂妓乃至李世民等人，虬髯客是作者着力塑造的英雄人物。故事起始铺垫杨素府中的红拂妓慧眼识人，私奔布衣李靖，然后叙述二人逃亡太原途中，路经灵石旅舍，正在炉中煮肉，忽然有一人，中等个，"赤须如虬，乘蹇驴而来"，在炉前扔下一个皮囊，便躺下看红拂梳头。李靖正要发怒，红拂却看出来者并非凡人，问询之后，认为兄妹。三人即结拜：

　　遂环坐，曰："煮者何肉？"曰："羊肉，计已熟矣。"客曰："饥。"公（李靖）出市胡饼。客抽腰间匕首，切肉共食。食竟，余肉乱切送驴前食之，甚速。客曰："观李郎之行，贫士也。何以致斯异人？"曰："靖虽贫，亦有心者焉。他人见问，故不言。兄之问，则不隐耳。"具言其由。曰："然则将何之？"曰："将避地太原。"曰："然吾故非君所致也。"曰："有酒乎？"曰："主人西，则酒肆也。"

　　公取酒一斗。既巡，客曰："吾有少下酒物，李郎能同之乎？"曰："不敢。"于是开革囊，取一人头并心肝。却头囊中，以匕首切心肝，共食之。曰："此人天下负心者，衔之十年，今始获之。吾憾释矣。"

这位虬髯客，因为后来在太原看到了李世民，感觉是位真正的天子，自己无法与之争锋。就到海外作了扶余国王。

◎ 薛 伟

唐人传奇中有一篇极富后现代意味的《薛伟》，诸如穿越、变形等叙事谋略贯穿于故事的始终，颇为精彩。作者名李复言，唐文宗时人，有志怪传奇集《续玄怪录》。

故事讲唐肃宗乾元初，薛伟任蜀州青城县主簿，与县丞邹滂、县尉雷济、裴寮同事。这年秋天，薛伟生了重病，弥留之际，身体恍惚变成了鱼。过了二十天，被渔人捞上岸，送到县衙的厨房。厨师一刀剁掉鱼头，他便突然醒转，恢复了人身。以下就是薛伟的自述：

"我一开始被疾病纠缠，发烧发热，苦不堪言，只想图个凉快。一时忘了病痛，也不知是梦，挂根拐杖就出了城，心里畅快，像是挣脱了樊笼的鸟兽。渐渐进了山，山路走得闷，又往下走到江边，看到秋色宜人，潭水如镜，很想洗个澡，就脱了衣服，跳入水中。想起童年时常常戏水，今天又找到了那种随心所欲的感觉，十分舒服。心想：'人游泳不如鱼快意，怎么能像鱼一样地畅游呢？'旁边一条鱼说：'只怕你不愿意，这其实很容易，稍等。'不一会儿，有一位几尺长的鱼头人骑着大鲵、率领数十条鱼来宣读河伯的诏书：'城居水游，浮沉异道，苟非其好，则昧通波。薛主簿意尚浮深，迹思怡旷。乐浩汗之域，放怀清江；厌巇嶭之情，投簪幻世。暂从鳞化，非遽成身。可权充东潭赤鲤。呜呼！恃长波而倾舟，得罪于晦；昧纤钩而贪饵，见伤于明。无惑失身，以羞其党，尔其勉之。'我再看自己，已经浑身长满了鱼鳞。于是三江五湖，到处游历，只是每天晚上，需要回到东潭当差。不久感觉饥饿，无处求食，就随着船游。看到赵干（渔夫）垂钓，鱼饵芳香，心知吃了会上当，便放弃了。可是过了一阵，饥饿难耐，心想：'我是官人，假扮为鱼，就算吞了鱼钩，赵干难道敢杀我！他一定会送我回县衙的。'于是吞了鱼饵。赵干收了钓竿，我连连呼唤他，他不理我，拿绳子穿过我两腮，把我拴在芦苇间。一会儿张弼（县衙听差）来买鱼，赵干欺骗他没有大鱼，张弼自己从芦苇间找到我。我对张弼说明身份，张也不理我，骂他也不理我，一直提着我进了县门。看见各位，我大声疾呼，没一个人理我。厨师王士良看见鱼大，高兴地把我放到砧板上，我大哭大叫，士良却好像听不见，按住我的头，一刀斩断，我也就变回来了。"

这篇传奇颇有魔幻色彩，薛伟开始变成鱼的时候，身体的感觉是鱼的，思维却仍然是人的；饥饿的感觉既是鱼的，又是人的；心理一直保持着人的警惕性和优越感，但终究无法抗拒本能的生存需要，在饥饿面前表现出无奈、软弱和自我安慰的人性的弱点。一千多年前，唐人竟能写出如此摇曳变幻的上乘传奇，实足令后人倾倒。

1912年，奥地利作家卡夫卡写出了他的成名作——中篇小说《变形记》，讲述的是推销员格里高尔·萨姆沙变成甲虫的故事，用荒诞的笔法揭露资本社会的唯利是图、寡情薄义。在叙事艺术的层面，两者堪可一比。

2017年5月11日

◎ 小说与人肉

　　人相食的记载史不绝书，子书中较早记录人吃人的是《管子》，大略言齐桓公吃遍了天下的美味，只是没有尝过人肉，便对自己的御厨易牙说了。易牙回到家，杀了自己年幼的长子，烹制蒸熟后献给齐桓公。桓公觉得味道极其鲜美，得知是易牙的亲生儿子，他感念易牙的一片忠心，很想委以重任。管仲临死时谏言："人情没有不爱自己儿子的，他连自己的儿子都不爱，难道会真心爱你吗？"不过桓公最终并未采纳管仲的意见，管仲死后，桓公重用竖刁、易牙等奸臣，以致被软禁在室，死后六十七天不得下葬，尸虫遍体。这段故事，《史记·齐太公世家》里也有记述。《韩非子》且有发挥。

　　小说中较早描写吃人的是宋人传奇《开河记》。写隋炀帝晚年昏淫，因睢阳有王气出，炀帝不之信，但想起当年率兵征伐陈后主时镇守广陵时的风光美景，遂欲乘舟游广陵（扬州），谏议大夫肖怀静奏请自大梁至淮河口凿渠直通广陵。炀帝乃命征北大总管麻叔谋为开河都督，麻叔谋征集人夫八百万，开凿汴渠。至宁陵县，叔谋外感风邪，不能起坐。炀帝令太医令巢元方诊治。巢元方说："风入腠理，病在胸臆。须用嫩羊肥者蒸熟，糁药食之，则瘥。"叔谋挑半年的羊羔杀掉取腔，拿来和药，没吃完病已痊愈。以后便经常杀羊，加上杏酪五味，放在腔盘中一起蒸，然后亲手撕开吃，取名"含酥脔"。附近乡村每天来献羊羔的有几千人，叔谋都给予很丰厚的报酬。宁陵下马村有个叫陶郎儿的村民，家中巨富，兄弟都凶恶悖礼。因为他家祖茔距河道只有两丈余，担心被发掘，便将邻居家三四岁的小儿偷来杀掉，砍去头足，蒸熟献给叔谋。叔谋咀嚼之后，觉得香美，远胜于羊羔肉。召来郎儿询问，郎儿乘醉泄其事。叔谋给了他十两黄金，并令役夫挖河时绕过他家的祖坟。郎儿兄弟为了报答麻叔谋，屡屡偷人小儿蒸熟奉献，报酬极厚。附近贫民家有知情者，也纷纷偷盗邻家小儿敬献求赐。结果，襄邑、宁陵、睢阳一带，有几百家丢失小孩的，哭声遍野，旦暮不辍。叔谋贿赂当道，凡举报食子窃儿的，一律笞背四十，押出洛阳。于是弄得城市村坊有孩子的百姓，家家制作木柜，用铁包裹缝隙。夜晚将孩儿锁于柜中，上锁，全家人秉烛围守。天明，开锁见孩子健在，互相庆贺。后来，麻叔谋受贿啖婴事发，被斩为三段，陶郎儿兄弟五人，被鞭打至死。

唐代李匡文的《资暇集》有"麻胡"一条，说民间吓唬小孩，常说"麻胡来"。实际指的是隋将军麻祜，奉炀帝之命开河，"威棱既盛，至稚童望风而畏"。"胡"与"祜"乃一音之转，但并无吃小儿之事。实际上，正史如《隋书》《资治通鉴》并无麻叔谋其人，小说家乃是利用了民间的情绪抨击隋炀帝及其爪牙，多述鬼神之灵异，寄托民间之好恶。后来的说部《隋史遗文》《隋炀帝艳史》《隋唐演义》大抵沿袭了《开河记》的路径而多所敷演。

著名诗人汪静之二十世纪四十年代发表过小说《人肉》，篇幅不长，写太平军（长毛）攻陷某地，逃得性命之平民纷纷遁入山中，无以果腹，遂以饿莩为食。食人者仍别尊卑，被食者亦分男女长幼，而所食之部位亦有高下，如儿童之大腿为最高级等等。或有其事，或为想象夸张，不忍卒读。然可一觇战乱灾荒之年百姓饮食之悖乱。

2017 年 11 月 30 日

◎ "三国""水浒"之食人描写

明代四大奇书除了《金瓶梅》，都或多或少有吃人的情节。《西游记》是神魔小说，那些野生的妖怪没有不想吃唐僧肉的，所以要吃与逃避被吃就几乎贯串了整部小说。这里着重谈谈写人的小说《三国演义》和《水浒传》。

《三国演义》第十九回叙刘备在小沛大败于吕布，只身逃奔许都，途中绝粮，投宿一少年猎户家。猎户名刘安，久闻刘豫州大名，"欲寻野味供食，一时不能得，乃杀其妻以食之。玄德曰：'此何肉也？'安曰：'乃狼肉也。'玄德不疑，乃饱食了一顿，天晚就宿。至晓将去，往后院取马，忽见一妇人杀于厨下，臂上肉已都割去。玄德惊问，方知昨夜食者，乃其妻之肉也。玄德不胜伤感，洒泪上马"。

《三国演义》是历史小说，讲政治斗争、权谋机变，纯粹是男人的话语，女性没有发声的资格，若二乔，孙尚香，甄氏，樊氏，甘、糜二夫人等，都不过是男性权力博弈的筹码。所以，为了让雄才大略、“爱民如子”的刘豫州果腹，猎户刘安竟如此轻易地杀掉了自己的发妻并如此随意地回答说“乃狼肉也”！而玄德也只是“不胜伤感，洒泪上马”。民间谚语有“老不看三国”之说，我想“少”读时也要小心。

至于《水浒传》写吃人，则是另一番光景了。《水浒》（容与堂本）第二十七回“母夜叉孟州道卖人肉 武都头十字坡遇张青”，写武松发配孟州牢城，一日来到孟州道十字坡酒店，“门前窗槛边坐着一个妇人……眉横杀气，眼露凶光。辘轴般蠢坌腰肢，棒槌似桑皮手脚。厚铺着一层腻粉，遮掩顽皮；浓搽就两晕胭脂，直侵乱发。红裙内斑斓裹肚，黄发边皎洁金钗。钏镯牢笼魔女臂，红衫照映夜叉精”。这便是后来梁山水泊女英雄孙二娘的形象。以下铺叙武松和两个公差入店，妇人端肉上酒，又取一笼馒头放在桌上。“武松取一个拍开看了，叫道：‘酒家，这馒头是人肉的，是狗肉的？’那妇人嘻嘻笑道：‘客官，休要取笑。清平世界，荡荡乾坤，那里有人肉的馒头，狗肉的滋味？自来我家馒头，积祖是黄牛的。'武松道：'我从来走江湖上，多听得人说道：大树十字坡，客人谁敢那里过？肥的切做馒头馅，瘦的却把去填河！'那妇人道：'客官那得这话！这是你自捏出来的。'武松道：'我见这馒头馅内有几根毛，一像人小便处的毛一般，以此疑忌。'"接着写武松识破机关，假装被蒙汗药迷倒，妇人则招呼两个蠢汉扛抬公差入厨房，准备屠宰。待要捉取武松时，反被武松制服。恰值张青返家，通款求情，化敌为友。张青自述与妻子孙二娘因避罪，卖酒为生，"实是只等客商过往，有那入眼的，便把些蒙汗药与他吃了，便死。将大块好肉，切做黄牛肉卖；零碎小肉，做馅子包馒头。小人每日也挑些去村里卖，如此度日。"武松旋即到后面人肉作坊，"见壁上绷着几张人皮，梁上吊着五七条人腿。见那两个公人，一颠一倒，挺着在剥人凳上"。

《水浒传》写的是绿林豪杰、江湖恩怨，杀人越货、食肉寝皮在那些好汉眼里，都稀松平常，即使在孙二娘、顾大嫂一类"女英雄"身上，也难觅些微的婉约温柔，是不能用女性的标准来衡量的。

2017 年 12 月 22 日

◎ "晶饭"与"毳饭"

　　唐代的饮食较之前代虽有很大的发展，出现了郇国公韦陟与卫国公李德裕那样著名的美食家，但从有关的文献来看，唐代的菜肴烹饪还远远达不到宋人的技术水平。仅以炒菜为例，唐代基本没有这种烹饪方法的记载。但是，宋人的笔记如《东京梦华录》《梦粱录》《武林旧事》《都城纪胜》《西湖老人繁胜录》等等，所记录的炒菜比比皆是，不一而足。如：生炒肺、炒蛤蜊、炒蟹、炒羊（以上《东京梦华录》）；炒鳝、腰子假炒肺、炒鸡蕈、炒鸡面、炒鳝面、炒白虾（以上《梦粱录》）；炒沙鱼衬汤、鳝鱼炒鲞、炒白腰子、南炒鳝（以上《武林旧事》。又《东京梦华录》卷九"宰执亲王宗室百官入内上寿"载"凡御宴至第三盏，方有下酒肉、咸豉、爆肉、双下驼峰角子"。其中的"爆肉"，也是将生肉爆炒，与今天的"爆三样""芫爆里脊"并无不同。炒的特点在于快，油要烧热，倒入食材，添加作料，颠两下即可出锅。口感鲜嫩爽脆，如同绘画技艺中的泼墨写意，给人以酣畅淋漓之感，又恰好与繁忙的都市生活节奏合拍。

宋代经济发达，城市繁荣，士大夫待遇优渥，奢靡之风愈来愈盛。罗大经的《鹤林玉露》记载：大奸臣蔡京被贬官流放后，有个做官的从京城买了一个小妾，自称原是蔡太师府内包子厨中人。于是，做官的就让她包包子。小妾推辞说不会。做官的质问她："你既然是包子厨中人，怎么能不会做包子呢？"小妾回答说："我在包子厨中只负责切葱丝，其他一概不会。"简短的一则笔记，却揭露了当时政府高层的腐朽生活。

宋人在饮食方面，富于想象，多有创造，新意迭出，穷极精妙。宋代的士大夫都很有学问，做官的薪水很高。他们也喜欢谈论饮食，往往颇有趣味。朱弁的笔记《曲洧旧闻》中有一则"毳饭"，说东坡曾经和好友刘攽提起当年在学校和弟弟苏辙一块儿攻读经典、准备科举的时候，一日三餐都是"三白"，觉得味道极美。刘攽问什么是"三白"。东坡答道："一撮盐、一碟生萝卜、一碗饭。"刘攽听了大笑。过了几天，刘攽请东坡到家吃"皛饭"，东坡不知道"皛饭"是什么，心想刘攽读书多，肯定有出处，便去了刘家。到吃饭的时候，桌上只有盐、萝卜、白饭，这才明白刘攽是用"三白"（皛）戏弄自己，只好笑着吃光了这顿饭。临上马，对刘攽说："明天到我那儿，我拿'毳饭'招待你。"刘攽估计东坡也会戏弄自己，但不知道"毳饭"是何物。第二天还是去了，到了饭时，刘攽肚子饿了，可桌上什么也没有。刘攽催了几次，东坡都说"稍等"，刘攽实在饿得不行了。这时，东坡缓缓地说道："盐也毛，萝卜也毛，饭也毛，不是'毳'吗？"市语说"无"，音"模"，再转为"毛"，如今广东话还是把"无"读成"毛"。东坡是借同音字回敬了刘攽。

这类文人之间的玩笑打趣在古代称为"雅谑"。它需要参与的人学问广博，为人超脱，有禅心，懂幽默。如果是只想着媚上欺下、奔竞贪墨的官员，是不会有这份闲情逸致的。

2017 年 6 月 12 日

◎ 京师厨娘

宋人王栐的《燕翼诒谋录》说："咸平、景德以后，粉饰太平，服用寖侈。不惟士大夫之家崇尚不已，市井间里以华靡相胜，议者病之。"也就是说，从北宋真宗时开始，社会风气已渐趋奢靡。《东京梦华录》说到京城的酒店：首都市民大都追求奢靡风气，出手阔绰，凡进了酒店，不管什么人，即便就两个人对坐饮酒，也要用一副注碗、两副盘盏，每人五只果菜碟、三五只水菜碗，这些器皿算起来就差不多要百两银子。就算一个人独饮，器皿也都要用银盂之类。端上来的果子菜蔬，都十分精致洁净。南宋迁都临安，偏安一隅。荷艳桂香，兼有湖山之胜。朝廷不思进取，自上而下，饮食之讲究又远远超过了北宋。

宋人洪巽的小说《旸谷漫录》中有一则"京师厨

娘",文前先有一段话,说京城(杭州)中下等的人家,不看重生男孩,生了女孩反而像捧着宝贝一样地珍爱。稍微长大一些,就根据她们的资质教导技艺,以备伺候士大夫之家。有各种各样的名称,如:身边人、本事人、供过人、针线人、堂前人、杂剧人、拆洗人,还有琴童、棋童、厨子,等级分明。其中,厨娘是最下等的,但不是极富贵的人家也用不起。

而后,讲了一段很有趣的故事:一位出身寒素的读书人经过刻苦努力,通过科举,步入仕途,逐渐成为地方上的高级官员(太守),平日依然过着简朴的生活,不改儒家做人的准则。有一次,他奉旨回到故乡祭祀祖先,宴请族亲,可身边没有像样的厨师。不由得想起曾经在一位官员家里吃晚饭,有位京师厨娘做的菜极为可口,于是托人从京城物色一位厨娘来主厨,许诺高价酬劳。不久,收到回信,说已经物色到一位,二十多岁,长得端正,手艺也好,能写能算。太守非常高兴,立刻回信聘请。过了二十天左右,果然来了。到离家五里的码头,先派了个脚夫送来一封亲笔小楷的函件,文笔优雅,要求派轿子来接。太守看了信,觉得一个厨娘这么大排场,实在可笑。等到进了家门,一看果然长得端正，举止静雅，礼貌周到，太守觉得大过所望，于是与她商量明天宴会的菜品。太守开了个单子，第一道食物是羊头签（扒羊脸），第一道菜叫葱齑，其他的都比较容易做。厨娘用小楷写明需要羊头十个、葱齑五斤。太守觉得用料太多，但并未说出口，唯恐让她看出小气，就打算暗中监视她。第二天早晨，家里的佣人们备齐了物料，厨娘开始操作，只见她打开行李，拿出一件件锅铫盂勺，都是白金所制，璀璨夺目。旁观者都啧啧称叹。再看她系上围裙，切抹批窃，真有运斤成风的气势。她处理羊头，只用刀片去脸上的两片肉，剩下的都扔掉。太守家的佣人问她："为何整个羊头都不要了？"她回答："这不是贵人该吃的东西。"佣人们便把羊头收起来保存，她笑骂道："你们这些人真是狗子。"她处理葱齑，把外边的皮都一层一层剥掉，只留最里面的一条像韭黄般的细芯，其他全扔掉。等到宴席开始，她做的菜馨香脆美，好到没法形容，被来客抢食一空。席散以后，厨娘拿出账单，开列十分清楚，无一毫作弊，但昂贵得让太守连连咋舌。心里说：我辈没那么厚的财力，这种宴席不能常办，这样的厨娘不宜常用。

2017 年 6 月 13 日

◎ 新橙与僧粥

南宋张端义《贵耳集》载有道君皇帝（徽宗）、词家周邦彦与李师师的一段三角恋爱，大略言：某日，道君幸李师师家，周邦彦恰在，来不及回避，匆忙匿于床下。道君亲自带来一枚新橙，对师师说："江南刚进贡的"。两人便削皮品尝，互相调笑。邦彦在床下听得一清二楚，事后便隐括成《少年游》一词。起始云"并刀如水，吴盐胜雪，纤手破新橙"。

成语有"哀梨并剪"一词，哀梨指汉代秣陵哀家所种梨，果大味美。并，指山西太原至大同一代古并州，其地所制刀剪极为锋利。新摘的橙子会有酸涩的口感，所以吃时要蘸点雪白的淮盐以去涩。"纤手破新橙"，则是邦彦在床下听到和推想的情人李师师的动作。后来师师为道君歌此词，道君问谁做的，师师回答周邦彦。道君得悉自己的隐私泄漏，加上对师师与邦彦的恋情微有耳闻，不禁妒火中烧，勃然大怒，当即下旨贬邦彦出京。隔了一两天，道君复幸李师师家，师师不在。等到初更，才见师师自外归，"愁眉泪睫，憔悴可掬"。道君大怒，问：你去哪了？师师答："臣妾万死，知周邦彦得罪，押出国门，略致一杯相别，不知官家来。"道君问：他填词了吗？师师便把邦彦临别时所作《兰陵王》"柳荫直，烟里丝丝弄碧……"唱了一遍。道君皇帝到底是倚声行家，听后大为赞赏，当即下旨召邦彦回京任大晟府乐正。

这是君臣遇合于倡优之家的一段轶事，读来令人感慨万端。另有一段士僧遇合，关乎美食的传闻，亦颇有趣。宋人洪迈《夷坚志·圆真僧粥》载：有位叫吕彦能的贵公子，有一次从天台城里进山，来到村落中的一座小寺，寺庙的主持僧圆真恰好外出，只有一个守庙的小孩在熟睡，叫也叫不醒。吕彦能十分疲倦，就在榻上卧下休息。忽然一股肴馔的鲜香气味，直冲鼻端，萦绕不去，便走到厨房探视。只见一只釜（古代的炊器，铜制或陶制，口小肚圆，像个大罐子，用来蒸煮），口边四角用丝线系着四枚崇宁大铜钱，微微冒着热气，其他什么也没有。吕彦能想不通，只好悻悻地走出来，正好碰上寺僧圆真从外回来，笑着欢迎他，说：反正我的隐私已经暴露了，用不着再遮掩，您就留下来共享吧。于是两人便饮了几杯酒，上了一碗粥，色白如雪，味道绝美，吕彦能"不知为何品"。圆真告诉他：刚才您见到的釜旁系着的大钱，奥妙都在这儿。做这道粥的方法，要把四条大鳜鱼收拾干净，去除鱼皮头尾，用线系住鱼骨的顶端垂入釜中，然后下水和米，放入盐、酒、姜、花椒等作料，酌量投入，估计已经熬得糜烂时，将四个大钱并拢，一齐掣出，鱼骨脱离，鱼肉完全烂在粥中，所以味道能如此之美。"吕醉饱而去"。

2017 年 8 月 28 日

◎ 怀饦，李师师与宋徽宗

亡国之君赵佶史称宋徽宗，在位二十五年，玩物丧志，崇饰游观，终至亡国败家，囚居五国城，郁郁而终。后人据逸闻编为传奇《李师师外传》，记其冶游经历。大略言徽宗继位以后，逐渐厌倦了宫中游乐，打算尝尝市井狎邪的滋味，于是便在宦官的引导下，微服来到汴京名妓李师师所住的镇安坊居所。徽宗自称大商人，姓赵，送了一份厚礼。李姓老鸨十分高兴，迎接入室，以香雪藕、水晶萍婆（苹果）还有大如卵的鲜枣招待，都是徽宗在宫里没见过的，便各尝了一枚。过了良久，老鸨又引他进入后堂，陈列烤鹿肉、醋鸡、生鱼片、羊签，也是他在宫里没尝过的滋味，于是就着这些菜吃了一碗香子稻米饭。饭后老鸨又请他沐浴，接着又饮酒。只是李师师终未出现。直到进了卧室，坐了很久，老鸨才扶着师师进来，只见师师淡妆不施脂粉，娇艳如出水芙蓉，面对徽宗，意似不屑，也不行礼。徽宗在灯下凝神注视，但觉"幽姿逸韵，闪烁惊眸"。问她年纪，也不答。老鸨附耳对徽宗说："小女性格倔强，您别在意。"说完拉下帷幔出去了。师师从墙上摘下古琴，隐几端坐，轻拢慢捻，奏《平沙落雁》曲。徽宗听得入迷，三段奏毕，天已破晓。老鸨进来，拿杏酥乳、枣糕、馎饦等点心招待徽宗，徽宗饮了一杯杏酥，便由内侍们簇拥着回宫了。

上文提到的"馎饦"，或作"不托"，是一种很古老的面食，俗称"汤饼"，至迟汉代就有了。宋人黄朝英的《缃素杂记》云："凡以面为餐具者皆谓之饼。故火烧而食者呼为烧饼，水瀹而食者呼为汤饼，笼蒸而食者呼为蒸饼，而馒头谓之笼饼宜矣。"《水浒传》里武大郎做的"炊饼"，实际就是馒头。

宋徽宗固然不是个好皇帝，却是个好的艺术家。诗书画都颇有格调，还开创了风姿绰约的瘦金体书法。他在后宫听厌了妃嫔媵嫱的万岁谄媚之声，一旦遇到了素颜而高傲的市井妓女李师师，吃到了宫里绝对没有的许多民间美食，而且欣赏到流韵淡远的《平沙落雁》，这一切，便不啻是让这位多才又多情的皇帝领略到一场不假雕饰、真率自然的美的洗礼，因此他爱上了李师师。故事出于虚构应无疑义，人物的心理逻辑却是成立的。故事写他翌年三月再度微服造访李师师，却发现那栋房子变得高大华丽，一点幽趣不存。老鸨见了他，浑身哆嗦站不起来，李师师跪在地上请他赐匾额。吃的东西都做成龙凤形状，和宫里一模一样。一问，是老鸨出钱请宫里尚食房厨师做的。徽宗心里很不高兴，没吃完就起驾回宫了。后来有一天，徽宗和众嫔妃在后宫饮宴，韦妃悄悄问道："李家那小女子什么人，陛下这么爱她？"徽宗答："无他，但令尔等百人，改艳妆，服玄素，令此娃杂处其中，迥然自别。其一种幽姿逸韵，要在色容之外耳。"

《李师师外传》的结局是李师师被张邦昌献给金兵主帅，不屈，吞金簪自尽。

话本《大宋宣和遗事》还提到李师师被徽宗册封明妃，入了宫。当然更是无稽之谈了。

2017 年 8 月 10 日

◎ 《金瓶梅》中的美食

　　《金瓶梅词话》是中国文学史上第一部白话长篇世情小说，刻画出众多栩栩如生的市井人物，其中饮馔宴席的描写颇为出色，人物的性情品格往往在吃喝谈笑中须眉毕现，暴露无遗。主要人物西门庆从清河县的一个地痞恶霸到买官成了山东提刑按察司清河左卫的理刑副千户（从五品的级别），他的饮食习尚其实有一个脱俗入雅的过程，起初是扁食、猪头肉的水准，后来随着财富的暴涨、身价的提升，他的口腹也愈来愈饫甘餍肥，专嗜清雅，喜欢鲥鱼、酿蟹、鸽雏、糟笋还有酥油泡螺、衣梅等等精致之物了。《金瓶梅词话》有一段写西门庆吃的零食——衣梅：

　　只见来安儿后边拿了几碟果食：……一碟黑黑

的团儿，用橘叶裹着，伯爵拈将起来，闻着喷鼻香，吃到口，犹如饴蜜，细甜美味，不知甚物。西门庆道："你猜！"伯爵道："莫非是糖肥皂。"西门庆笑道："糖肥皂那有这等好吃！"伯爵道："待要说是梅苏丸，里面又有核儿。"西门庆道："狗材过来，我说与你吧，你做梦也梦不着：是昨日小价杭州船上捎来，名唤做衣梅。都是各样药料，用蜜炼制过，滚在杨梅上，外用薄荷、橘叶包裹，才有这般美味。每日清辰呷一枚在口内，生津补肺，去恶味，煞痰火，解酒剋食，比梅苏丸甚妙。"

第三十四回写西门庆一顿平常的午餐，就是"先放了四碟案鲜（下酒菜）：红邓邓的泰州鸭蛋，曲湾湾王瓜拌辽东金虾，香喷喷油煠的烧骨，秃肥肥干蒸的劈晒鸡。第二道，又是四碗嗄饭（佐餐菜肴）：一瓯儿滤蒸的烧鸭，一瓯儿水晶膀蹄，一瓯儿白煠猪肉，一瓯儿炮炒的腰子。落后才是里外青花白地磁盘，盛着一盘红馥馥柳蒸的糟鲥鱼，馨香美味，入口而化，骨刺皆香"。

小说里的西门庆是山东清河（今属河北）县人，他吃的东西却不限于山东，而是兼备南北。既有东北边疆特产辽东金虾，又有济南的美味水晶肘子，有江苏中部泰州著名的咸鸭蛋，还有长江四鲜中的极品——鲥鱼。当然，西门庆只是个财主，没什么文化，他的饮食仍属形而下的水平。

第五十二回，借帮闲应伯爵的口，道出了西门庆在饮食上的考究僭越。应伯爵在西门家里吃到了鲥鱼，不禁感慨道："你每那里晓得，江南此鱼一年只过一遭儿，吃到牙缝儿里，剔出来都是香的。好容易！公道说，就是朝廷还没吃哩。不是哥这里，谁家有！"

第六十一回，又专写西门庆家酿蟹的炮制：

> 四十个大螃蟹，都是剔剥净了的，里面酿着肉，外用椒料、姜蒜米儿、团粉裹就，香油炸、酱油酿造过，香喷喷酥脆好食。

◎ 帮闲与饮食

明代后期，由于民间的青楼业十分发达，都会所在，娟肆林立，偏州僻邑，亦在在有之。这种状况势必导致妓院之间的激烈竞争，帮闲的一项重要社会职能就是帮嫖，亦即在妓院与嫖客之间穿针引线，为青楼招徕顾客，代嫖客物色妓女，从中贴食觅钱。但如果以为帮闲与妓馆的关系只是前者一味依附后者，则不免失之皮相。因为帮闲往往能够凭借自己的浑身解数来影响嫖客，或诱其"跳槽"，改弦更张；或劝其市爱，撒漫使钱。《金瓶梅》中西门庆梳笼李桂姐，即是在应伯爵、谢希大的一力撺掇之下，"上了道儿"。结果是李家妓院实得五十两一锭大元宝，李桂姐获得四套锦缎衣服，并"打头面，做衣服，定桌席"，"铺的盖的俱是西门庆出"。（第十一回）

笑笑生摹写帮闲丑态，穷形尽相，入木三分，由动作而语言，由共性而个性，其展示帮闲贪婪下作、厚颜无耻的共同特征是在第十二回，地点又恰恰是在李家妓院的特定环境。因李桂姐言辞相激，众帮闲破天荒筹措一桌酒馔。因系自己破费，故分外觉得不上算，要吃回个人的一份。书中以一段骈文摄下了他们鲸吞饕餮的丑态：

人人动嘴，个个低头。遮天映日，犹如蝗蝻一齐来；挤眼掇肩，好似饿牢才打出。这个抢风膀臂，如经年未见酒和肴；那个连二筷子，成岁不经筵与席。一个汗流满面，恰似与鸡骨朵有冤仇；一个油抹唇边，把猪毛皮连唾咽。吃片时，杯盘狼藉；啖良久，箸子纵横。杯盘狼藉，如水洗之光滑；箸子纵横，似打磨之干净。这个称为食王元帅，那个号作净盘将军。酒壶番晒又重斟，盘馔已无还去探。

临出门来，孙寡嘴把李家明间内供养的镀金铜佛塞在裤腰里；应伯爵推斗桂姐亲嘴，把头上金啄针儿戏了；谢希大把西门庆川扇儿藏了；祝日念走到桂卿房里照面，溜了他一面水银镜子。常时节借的西门庆一钱银子，竟是写在嫖账上了。

然而，这种仰人鼻息、帮衬贴食的生涯也并不是人人都能应付裕如，祝日念、孙寡嘴便因为择主不当，引诱招宣府舍人王三官出入花街柳巷，结果惹恼王家妻族东京六黄太尉，导致锒铛入狱的下场。白来创亦因不能审时度势，一味打秋风，受到西门庆的冷遇。

个中能够左右逢源、游刃有余的唯有应伯爵。他"是个破落户出身，一份儿家财都嫖没了，专一跟着富家子弟帮嫖贴食，在院中顽耍，诨名叫做应花子"。他积半世嫖经，熟谙院中门径，且多识掌故名物，他"在各家吃转来"，学会的一手上乘烹调，即使面对专业的庖厨，亦不遑多让。他的层见迭出的笑话，尽管猥亵，却能博人一粲，而他真正高出众人的地方，还在于知机善对，帮衬得宜。他更善于利用妓家的竞争、妓女间的矛盾、嫖客与妓女的微妙关系上下其手，从中牟利。第二十回李桂姐暗接杭州绸商丁双桥，招致西门庆醋意勃发，大闹丽春院，"赌誓再不踏他门来"。事后，李家"恐怕西门庆动意摆布他家"，只得以烧鹅瓶酒买通应、谢二人出面转圜，终使西门庆释去前嫌，"回炉复账"。

2017 年 10 月 27 日

◎ 贾母的一顿便餐

《红楼梦》中的"茄鲞"与蟹宴早已脍炙人口，不假我一二谈也。这里说说第七十五回"开夜宴异兆发悲音 赏中秋新词得佳谶"中贾母很寻常的一顿晚餐。此时的贾府刚经历了"抄检大观园"，已经江河日下，非复旧日的兴旺了。

时间是在中秋节前的某日，尤氏来贾母房中探望，正值王夫人对贾母述说甄家获罪被抄之事，探春、宝琴亦在室。"说话之间，早有媳妇丫鬟们抬过饭桌来，王夫人尤氏等忙上来放箸捧饭。贾母见自己的几色菜已摆完，另有两大捧盒内捧了几色菜来，便知是各房另外孝敬的旧规矩。贾母因问：'都是些什么？上几次我就吩咐过，如今可以把这些蠲了罢，你们还不听。如今比不得先辐辏的时光了。'……王夫人道：'不过都是家常东西。

今日我吃斋，没有别的。那些面筋豆腐老太太又不大甚
爱吃，只拣了一样椒油莼齑酱来。'"（引文见蒙古王府
本《石头记》）

这段看似家常的叙述实则大有文章，首先是贾府的
饮食规矩乃由贾母一人先吃，她吃完才轮到晚辈进食。
其次是她有固定的菜肴，估计是一向喜欢吃的。复次是
按照旧规矩，每餐各房要另有孝敬的菜肴。如今虽然
不比从前，拟废除旧规。但"都不听，也只罢了"（鸳
鸯语）。再看王夫人奉上的"家常东西"——椒油莼齑
酱，虽只一道小菜，却是用南方水生的雅物——莼菜腌
制而成，绝不是普通人家能够备办的。下文"鸳鸯又指
那几样菜道：'这两样看不出是什么东西来，大老爷送来
的。这一碗是鸡髓笋，是外头老爷送上来的。'……贾
母因问：'有稀饭吃些罢了。'尤氏早捧过一碗来，说是
红稻米粥。贾母接来吃了半碗，便吩咐：'将这粥送给凤
哥儿吃去。'又指着，'这一碗笋和这一盘风腌果子狸给
颦儿宝玉两个吃去，那一碗肉给兰小子吃去。'"外头老
爷未指何人，揣摩文意，当是贾赦或是某位与贾府通家
的贵胄。鸡髓笋亦未提制法，有人望文生义，说是用鸡
骨髓烹制之嫩笋，我看是过度阐释了。依贾府中人的口

味，主流是颇嗜清雅而以苏浙淮一带菜肴为主，准此，则不妨理解为一种南方出产的嫩笋，或竟是浙江天目山所产竹笋，蒸熟而食，反而更接近文本。至于风腌果子狸，却是近于名贵的野味了。袁枚《随园食单》说："果子狸，鲜者难得。其腌干者，用蜜酒酿，蒸熟，快刀切片上桌。先用米泔水泡一日，去尽盐秽。较火腿觉嫩而肥。"因为名贵，贾母遂赐给了最疼爱的宝玉、黛玉。而将一碗肉赐予贾兰。

这类闲笔是最能考验小说家叙事本领的，一顿便饭，将贾府的等级礼数、阃内人情、亲疏好尚、烹炮食材交代得井井有条，活灵活现。即便是那碗红稻米粥，亦不同凡响。此米又称"御田胭脂米"，乃名贵作物，滋补气血。因熙凤染病，气血两亏，故贾母命将此粥送与凤姐。雪芹之笔力，于此可见一斑。

2018 年 1 月 14 日

◎ 谈谈饭馆的取名

今年春意初萌、杨槐欲蕊之时，一天晚饭后，独自于京城宣南莲花河一带闲步。疫情已大减，行人辐辏，不时见广场舞，急避之。至红居街，路旁小店栉比，餐馆居多，灯火荧煌。忽见一店匾额，大书"佐冷馋"三字，旁注"串串香，老火锅"，不禁失口而笑，驻足良久。笑的原因有三：首先是立即联想到《笑傲江湖》中的左冷禅，觉得谐音有趣。不过这位嵩山派掌门是何等的坏呀！为了一统江湖，用尽心机，害人无数，其奸诈阴毒，也就岳不群差胜一筹。其次，店名"佐冷馋"，自含寓意，有辅助食客取暖解馋之初衷，故不宜看作侵犯了金庸的知识产权。从中还能领略中国文字的巧妙。复次，"串串香，老火锅，源自近年来年轻上班族的一种吃法，属较低档的食店"而取名如此煞费苦心，令人油然而生一种幽默感。中国人中没看过金庸小说的也大多看过改编的电视剧，看到这个店名说不定就要进去尝尝，因此也是不错的营销手段。

由此便联想到中国餐馆的名称牌匾，宋朝的我曾写过，见《从"宋嫂鱼羹"到"花边月饼"》一文，过去北京的八大楼、十个春父亲曾经写过。老字号延续至今的不少，如西湖边的楼外楼、天外天，苏州的松鹤楼，天津的起士林、登瀛楼、宴宾楼，北京就更多了，不胜枚举，就连没有恢复的老字号也意图东山再起。不过，这一类老字号的菜品、价格、服务每每令人诟病，如全聚德、狗不理。此不赘，这里只说说近几十年的餐馆名称。

北京有家很低调高冷的餐馆，名"京兆尹"，坐落于雍和宫、国子监左近五道营，以素食著称。从地点到名号，一望而知非常人可以问津。内部设计颇具匠心，两个四合院，一个维持原状，另一个敞开，有玻璃封顶，可在院内就餐。包间价格自每位799元起，而后999元、1299元不等，大厅则每位599元。菜品一律纯素，有黑松露，妆点极精致。服务员有时会提醒食客说："来我们这儿不是为了吃，是让您感受一下环境、服务、文化。"京兆尹，源自汉代，指京畿一带的行政区域，为三辅之一，亦指京都行政长官。由此可知此店的初衷，是不是来过的隐隐约约都有市长的感觉呢？

北京一些家常菜馆名字取得各有特点，像郭林、金百万、大鸭梨、太熟悉等，郭林或另有渊源，其他则俗中别有寄托，易记难忘，名物相洽。

也有追求雅致的，天津水上公园内有一栋小楼，古色古香，名"锦堂烟屿"，原本是个会所，近年来改成对外营业的餐馆，与南面的皇冠明珠（海鲜鱼翅酒楼）隔栏相望，楼下湖水涟漪，可以观荷，环境颇优雅，其实菜品并无可称。我第一次到此饮宴，望见店名，立即联想到北京中山公园内的来今雨轩。大抵取名带"轩"字的餐馆，都会有回廊楹柱，室内亦必古色古香。从小跟父亲在来今雨轩就餐多次，喜欢这名字，新世纪前期，还在迁回原址的来今雨轩吃过红楼宴，但实在不敢恭维。第一道茄鲞便令人大跌眼镜，心想，若是刘姥姥尝过，非把整盘菜摔到地上不可。

水上公园内又有湖滨轩、卫鼎轩，卫鼎轩是高档津菜，湖滨轩曾经是茶室，后改为餐馆，紧傍湖滨，环境亦佳。主要接待团体筵宴，价颇昂。皇冠明珠旁边，是清波坊，淮阳苏菜风味，名字取得也算煞费苦心，令人联想到福州的三坊七巷。不过，"坊"初指城市居民聚居地，如唐代长安之坊厢。后亦指店铺，如宋代的茶坊和手工业者的营业场所。南京的便宜坊我以为主要还是指烧鸭的技法，明成祖时迁至北京，成为北京烤鸭之始。窃以为用某某坊来命名纯粹的餐馆，似乎稍有不妥。

出南开大学西门向右步行数武，新开了一家"鑫裕园"餐馆，以干烧鲤鱼、梅菜扣肉、熏排骨三道菜招揽食客，生意很不错。但我觉得这名字取得不好，太像澡堂子了。是不是真有叫作"新浴园"的浴池我不知道，不过一看到这饭馆，立刻就浮现出"新浴园"三个字，后来到那儿吃饭，就索性说："走，咱们今晚澡堂子小酌。"

也有餐馆取名过于拗口的，譬如天津的"怡乡春竹海鲜姿造"，其实是一家很不错的海鲜火锅店，食材很新鲜，还有分店。不过读起来佶屈聱牙，不下功夫恐怕永远记不住店名。

还有饭馆取名像青楼的，北京的"冶春"是家很不错的淮阳菜馆，环境也好，但怎么琢磨都像风月场所。

还有天津长实道上的姑苏悦色，很容易让人联想到南京秦淮河畔的媚香楼。

说到底，饭馆的名字与饭馆的优劣没有必然的关联，名号不响亮但菜做得好一样能够引得食客盈门，二十世纪六七十年代北京东四有家小馆叫灶温，门面很小，内里逼仄，但日日爆满，就是因为菜做得好，服务周到。

2020 年 5 月

◎ 我还欠黄先生一顿牛排

黄先生本讳克诚，因避某大将军讳，去诚字，仅名"克"。先生尊人为京剧名旦黄桂秋，即人称"南黄北于（于连泉，艺名筱翠花）"之黄，名噪于沪上。但黄克先生并未从父入梨园，亦未随父之上海，而是自幼与母在京生活。一九五六年，黄先生考入南开大学中文系，学制五年，继而又考取研究生，在华粹深、许政扬二先生门下攻读宋元文学。一九六四年毕业后分至剧协，七二年调入中华书局，八十年代初任总编室主持工作的副主任。

我一九八二年自山西阳泉矿务局一中考入南开中文系，在宁宗一先生门下读研。宁先生一九五四年南开中文系毕业即留校做助教，与黄克先生是好朋友，我因此也便认识了黄先生。

第一次拜谒黄先生是一九八三年的盛夏，宁先生命我暑假回京时面见黄先生，顺便办点事。我遂循路找到王府井大街三十六号的中华书局，正值周日，楼内阒寂无人，沿着四楼长长的甬道向里走，终于看到一间屋房门虚掩，即叩门进入。但见四壁图书，堆叠凌乱，一人坐于桌前，年约四十许，体胖赤膊，仅着一内裤，左手挥扇，右手执卷校读。一台小型电扇呼呼作响，难压暑气。我猜这就是黄先生，询之果然。自我介绍后，我说："礼拜天，又这么热，您还一个人在这儿忙？"黄先生称我"慕宁兄"，递过烟来，说："最近赶一个活儿，礼拜天清静，就加个班儿。"闲话之间，但觉黄先生性情和煦，谈吐幽默，还知道他初中就读北京四中，竟然与我是双重校友，不觉又亲近了一层。

时已近午，我提议到左近的萃华楼午餐，黄先生欣然同意。我点了糟熘三白、干炸小丸子还有乌鱼蛋汤。喝了点酒，边吃边聊，黄先生称赞我菜点得不错，说起当年在南开读书时，头两年食堂是六个人一桌四个菜，两荤两素。后来则每况愈下，到了一九六〇年，就吃不饱了，经常躺在宿舍聊天，保存体力。导师华粹深先生与师母爱护学生，每周会叫他到家里改善伙食。我也谈了谈插队时饮食的简陋，又聊起五十年代北京的餐馆。我那年三十二岁，黄先生长我十六岁，当时是中华书局总编室副主任主持工作，应该相当于处级。但和他在一起，没有感到年龄的差距、地位的扞格。只觉得黄先生平易从容，待人诚恳。这是第一面的印象，饭后我便告辞回家，黄先生则回书局继续校稿。

是年秋季，宁先生率本系学生赴京观看高行健的话剧《绝对信号》，地点在人艺小剧场，距中华书局仅几步之遥。落座后，身边坐的竟然是黄先生，不禁大喜过望。黄先生递给我一套簇新的《元曲选》，说："我遵嘱从社里给老兄淘了一套。"我方想起是第一次见面时我说起过如今市面上买不到《元曲选》，希望黄先生能帮忙买一套。黄先生答应找一找。没想到他一诺千金，令我感激不已。当晚，商务印书馆刘叶秋先生设宴烤肉季，我们一行五人——刘先生、宁先生、黄先生及我与师弟宁稼雨，乘公交到了后海边的这家老字号。刘先生于一九八〇年经黄克先生介绍，任南开兼职教授，宁稼雨即是刘先生与宁先生合作指导的唯一一名研究生，与我同窗。

八十年代初的烤肉季远不及后来讲究，只有外国人和华侨可以登楼享受亲自炙烤的快意。我们只能坐在一楼的餐桌旁，服务员将烤好的羊肉装盘呈上，那感觉实在就是一盘芫爆里脊。我因为不吃羊肉，又不便说，只是略微尝了尝。接下来的它似蜜也未敢多吃。黄先生对于烤肉的这种吃法也是颇为不满，于是谈起当年的烤肉季，一顶帐篷，食客撩起长衫，一脚踩着长凳，用长长的铁箸夹起煨好的肉片，在炙子上翻搅。肉香与炭香四溢，左手端一大碗烧刀子，最后再吃几个隔壁特制的烧饼，夹上烤肉，痛快淋漓。

转年五月，黄先生在《光明日报·文学遗产》发表《娱人和自娱——关汉卿剧曲和散曲不同倾向之管见》一文，反响热烈，亦有数篇文章表达异议。宁先生问我持何种看法，我略述己见。宁先生说："你可以写一篇，我给你推荐到《光明日报》。"我遂遵嘱草成《娱人、自娱及时代精神》一文，支持了黄先生的立论并有所阐发，发表于是年十一月《光明日报》。戏曲学会还为此举办了一场学术会议，我受邀与会，地点就在中华书局礼堂。再一次见到了黄先生。

一九八五年六月，黄先生作为答辩委员，出席了我的研究生论文答辩会，对我的论文予以佳评，认为在元代文献上有新的开掘。因此，黄先生于我，除了是学长、校友、忘年交之外，又添了一个身份——座师。但黄先生还是一如既往的平和诙谐。又过了几年，他右迁文化艺术出版社社长，就职恭王府内。某日，我去前海西街看望他，见社长室不过一间处在边缘的平房，应是当年府内下人所居，设施素朴。黄先生依然是一贯的谈笑风生、庄谐并举，见我来了，十分高兴，说午间请我到鼓楼一家店吃大肠。我俩穿过烟袋斜街，恰值那家大肠店当日无货，乃至附近马凯餐厅食湘菜。

大约是一九八八年立春日，黄先生邀往他府上食春饼。我按图索骥，找到天坛南街一栋陈旧的居民楼，入门请安。黄先生正系着围裙在厨房忙碌。没想到堂堂的社长竟然住在如此简陋之处，老式的两居室，全然没有装修，水泥地，墙色已斑驳，还不如我在南开分到的教工宿舍。来客还有人文社的刘国辉、国际文化出版公司的杨华女史，黄先生将做好的菜摆满一桌，四人边吃边聊。黄先生是按照老北京的春饼吃法做的菜，肘子、酱肉都购自名店，炒合菜中规中矩，夹着春饼，大快朵颐。

后来黄先生的住房终于得到改善，迁至朝阳区红庙的老"部长楼",与冯其庸、郭汉城同一单元,上下比邻。中国艺术研究院还给他配备了一辆轿车,似乎是七十年代的法国两厢雷诺,在北京厅级领导中也算绝无仅有了。渐渐地听到了一些有关黄先生家庭的消息,黄夫人"文革"中因家庭变故,精神受刺激,起居不能自理。其子身体亦不佳,女儿尚待业。家中生活主要靠先生维持,故每日下班经过菜市场,先生还要下车买菜,归家烹饪。这在乘轿车上下班的领导中恐怕又是绝无有的一例。但黄先生始终是从容坦荡、达观阅世的风度,你丝毫想不到他竟会有那么重的家累。因为心宽体胖,黄先生不健于行,却喜欢骑自行车,他曾对我说:"骑了几十年的自行车,感觉坐小车一点也不舒服。"直到晚年,他还是常常骑车从红庙到前海西街。

九十年代后期,曾与宁先生、黄先生一同赴中山大学开会,得晤黄天骥先生(与两先生为旧交)、黄仕忠兄、康保成兄等,聚饮甚欢。某日,仕忠兄设宴一海鲜店,众人纵饮快谈,怂恿黄先生唱京剧。先生略推辞,即从容起身,歌《萧何月下追韩信》"我主爷起义在芒砀"一段,滋味声口毕肖麒派。众齐声赞扬,黄先生云自幼嗓子不好,且无小声,不能学父唱青衣,只能模仿麒派。

　　二〇〇二年初春，我和黄先生蒙邀赴华侨大学参加学术会议，同行者尚有红学所林冠夫先生及艺术研究院郑雷，彼时往福建尚无高铁，我们四人包了普通列车的一间软卧，自北京先赴厦门，同车尚有南开政治学教授葛荃携妻在另一包厢。全程三十四小时。沿途遍览路边景色，每到一大站，便下车在站台购买当地小食。除了睡觉，我们几乎喝了一路，聊得十分投机。林先生复旦大学毕业，是朱东润先生的研究生，博学多才，也属长辈。郑雷则是中国艺术研究院的青年才俊。车抵厦门，华侨大学学报副总编辑鲁锦寰来接，下榻于集美大学。翌日，游南普陀，食素餐。又游鼓浪屿，于岸边食海鲜，饮二锅头。

　　第三日，乘车同至泉州华侨大学，报到时，有会议筹备组负责人名黄河者，乃南开罗宗强先生门下博士，与黄先生握手，云："我是黄河。"黄先生不假思索，答曰："我是长江"。众大乐。盖早年电影有《五十一号兵站》，两名中共地下工作者接头时即用此对答为暗号。

　　此行游赏甚快意，先后至清源寺瞻仰老子像，古船陈列馆观宋代航船遗物，又至安平桥一览宋代桥梁

陈迹，至崇武观惠安女，于街边聆南音，于剧院观提线
木偶。一路与黄先生相伴，谈谑甚欢，又有社科院文研
所刘扬忠先生，酒国大豪，每晚必聚饮，食闽菜。黄先
生酒量不大，好小啜，喜吸烟，席间每出隽语，而神情
怡逸。同辈与晚辈皆乐与交，窃忖殆源于其为人真诚仁
善，从无矫饰造作也。其待师长亦严守弟子之道，为乃
师许政扬先生遗作之出版殚精竭虑，他在《许政扬文
存》之后记《对许先生崇敬之心永存》一文中写道：

> 整理好先生的遗稿，我在扉页上题写下"跪
> 床求学记"，以表示对老师的虔诚和崇敬。不想闯
> 下了大祸，批评我在资产阶级知识分子脚下顶礼膜
> 拜，"文革"中更成了十恶不赦的大罪。幸而我人
> 已在北京，躲过此劫，只是不知是否殃及许先生，
> 倒是让我惴惴不安。对于此事，我始终不辩一词，
> 那是因为我还要保留对许先生这一点点圣洁的感
> 情。这种感情始终不敢忘怀，也不能容忍一点点玷
> 污的。

足见对老师的赤诚之心。而观其为孙楷第先生《小

说旁证》所写《触类旁通读旁证》一文，擘肌析理，不独展现了深厚的学殖腹笥，而且处处体现出对前辈学者的虔敬与推崇。对我的研究生，黄先生亦常提携翼拂。检二〇一二年末黄先生赐我之信，中云："兄所推荐的《角妓考》一文，悉尊乃师路数，且生发新意，实属不易。近日即寄《文史知识》，企盼佳音。"此《角妓考》，即门下博士生徐文翔之文，经黄先生力荐，发表于《文史知识》。一三年初夏，我的博士生刘士义毕业，我请黄先生来津主持答辩，黄先生欣然应允，下榻于南开专家楼。晚宴后，我到他房间闲话，但楼门晚十点即关闭，且无人侍应。我不得出，只好与黄先生同室另榻而眠。未料黄先生卧下，不足五分钟，即鼾声大作，倏忽入眠。真可谓心无芥蒂，随遇而安也。翌日，答辩结束，宴设睦南道之黔城，贵州菜也，盖图新颖特色。菜有黔之驴、花江狗肉、酸汤鱼。饮红花郎酒。

我有位师兄薛瑞兆，哈尔滨人，一九七九年在南开华粹深、朱一玄、宁宗一三位先生门下读研，一九八四年又考入中山大学王季思先生门下读博，是黑龙江省第一名博士。毕业后在省物资厅任副厅长，兼任黑大教授，与黄先生交厚。二〇〇五年暑假，瑞兆兄邀黄先生与我至哈尔滨，本拟同赴俄罗斯符拉迪沃斯托克旅游，但因瑞兆兄政务在身，不得擅离，乃代为我俩筹措旅游团，我与黄先生遂随团乘火车经绥芬河入俄。一路穿越边境之原始森林，树木参天，而杳无人迹，遥想一百五十年前，此地尚属清之辖域，而世事沧桑，不胜今昔之感。及抵，入住某海军学院宿舍，与黄先生同室。翌日，入城游观。此地系俄罗斯滨海边疆区首府，拥不冻港，驻扎海军。而人口仅八十万，建筑陈旧，市井萧条，唯街头走过之青年女子，多身形窈窕，美艳绝伦。广场中尚有一尊列宁铜像，盖备国人游览瞻仰之用。同团游客多黑龙江人，沿路食走拍照，大声喧哗，毫不知此地历史，而俄罗斯人似亦不欲保留清朝遗迹，铲除罄尽矣。唯黄先生与我，追怀旧事，颇多感慨。此行所食，皆国人经营之中餐馆，偷工减料，烹饪甚差，偶有鸡蛋，几乎不见鱼肉，仅能果腹而已。某日，归舍稍早，与黄先生于军校内一便利店购得伏特加一瓶，酸黄瓜、鱼罐头各一，返舍对饮。酒甚劣，鱼亦不佳，唯酸黄瓜较适口。二人畅叙至夜十时，黄先生仍是倒头便入黑甜乡。翌日晚，又与黄先生每人自费五百卢布随导游至一乡村享火鸡宴，有当地农民着传统服装载歌载舞，大盘火鸡盛于矮桌上，食未及半，导游已招呼返程矣。此殆旅游部门与当地农村所设圈钱之法也。

第四天，乘火车重返哈尔滨。瑞兆兄盛情款待，同观金上京历史博物馆，同游太阳岛，沿松花江畔漫步，于中央大道华梅西餐厅进俄式西餐，于吴记酱骨店尝杀猪菜，于郊外食鱼宴，大享口福。席间所谈，多涉金元戏曲，亦兼及中山大学与南开之戏曲研究团队，臧否月旦，无所不及。

后来，黄先生左迁艺术研究院资料馆馆长。知情者皆为黄先生不平，先生则处之泰然，一如既往的磊落雍容。某日，招一众晚辈家宴，亲手烹制炒肝儿一锅，滋味远胜于市肆所制。来者有刘国辉、杨华、余兄弟二人。余献睿王府鳝丝一道，惜鳝鱼放置稍久，略失鲜味。众畅饮快谈，谐谑开怀。翌年，又请我等至朝阳门外苏浙汇食鲥鱼。黄先生每次来津，我自然要尽地主之谊，除了校内的专家楼，附近的上海年代、苏易士等餐馆也是常去的地方。

黄先生最后一次来津是二〇一五年，我订了一家台湾人林某开在成都道上的餐馆，是原天津市市长张自忠的官邸，名壹仟英里。盖以其洋楼宏敞，陈设雅致也。

风格则中菜西做也。黄先生说："我就想吃个牛排。"我遂点了牛排及其他菜品。同席尚有先生朋友王某及余同事张铁荣。及牛排呈上，肉质不佳，颇费咀嚼。先生不悦，余倍感愧疚，当即说："您下次来，一定请您去起士林吃牛排。"先生颔首，说："这还差不多"。但转年黄先生在京即因病住院，绵延数月，虽出院，然体质衰惫，形销骨立，不复从前的雍容体态了。某日，刘国辉兄设宴朝阳大悦城唐宫酒家，庆贺黄先生大病初愈，同席六人。而黄先生出购物中心电梯，去餐馆短短五十米，竟然歇息两次。余在旁搀扶，心中不胜难过。但仍强为谈笑，冀先生能化险为夷，渐渐康复。后来不断给先生打过电话，先生的口气仍是一向的乐观平易。

二〇一八年的暑期，听说先生病重，我遂同杨华前往其府上探视。黄先生已卧床多日，言语不便，嶙峋瘦骨，唯执余手喃喃数声而已。余甚凄楚，心知病势危殆，然不敢形于色。俄，国辉兄亦至，先生已闭目养神。我们与保姆略谈，即告辞。

十月三日，黄先生与世长辞。我时在天津，收到了告别仪式的请柬，但没有敢去。一者是血压骤升，恐有意外；二者虑哀毁逾度，不能自持。看了代我去的学生发来的现场照片，众多的挽联，可谓极尽哀荣。近来常常自责，那一次怎么就没有给黄先生点一道好吃的牛排呢？

2021 年 10 月 3 日

◎ 从"宋嫂鱼羹"到"花边月饼"
——宋以来笔记所载饮食之文化情趣摭谈

宋代是中国饮食文化飞跃发展时期，盖由于城市经济之繁荣，士人境遇之优渥，享乐需求之郁勃，乃穷极想象调制之工，以满足口腹之欲。观《东京梦华录》《武林旧事》《旸谷漫录·京师厨娘》等书，可见一斑。而宋之士大夫率多饱学之士，兼通释道，喜谈性理，其论饮食，亦往往钩玄致远，达于形上。故宋人笔记涉及饮食者，每每超越于饮食，常有关乎品格、性情之妙论。若东坡之"毳饭"、山谷之"品食"，皆非徒论饮食者可以窥其涯略。至若《武林旧事》与《枫窗小牍》所载之"宋五嫂鱼羹"，则已牵带家国兴亡之感、黍离麦秀之悲矣。明清两代，哺啜者益众。笔记亦篇帙浩繁，且往往谈及饮食。而士大夫之情趣高下、品鉴之精粗雅俗，足可于短章片言中玩味揣摩，亦知人之一途也。又明清笔记所涉地域极广，涉及饮食，自极北之新疆以迄南部之闽广，可以广见闻、助博物、资考证、辨风俗。如一西施舌，即有陈懋仁《泉南杂志》、李渔《闲情偶寄》、周亮工《闽小记》等多部笔记涉及；一河豚，自宋之苏轼、元之陶宗仪、明之谢肇淛以迄清之《调鼎集》，记录不绝如缕。然评骘此类笔记，当以有无人文价值及文学性为取舍标准。若漫逞口腹之欲，徒作烹调之谱，如袁枚之《随园食单》（"花边月饼"即出此书）者，实不足多。

一、

先哲陈寅恪先生尝云："华夏民族之文化，历数千载之演进，造极于赵宋之世。"[①] 此诚千古不易之定论，仅以饮食文化观之，天水一朝即有绚烂多姿、穷极想象之诸般造作，而令汉、唐、明、清瞠乎其后者。泛览宋人笔记，十九皆涉及饮食，或藉烹庖以谈玄理政治，或假酒馔以喻人生哲学，或寄黍离麦秀之悲于市食，或倾

---

① 陈寅恪《邓广铭宋史职官志考证序》，载《金明馆丛稿二编》上海古籍出版社，1980年版，第245页。

文采诗心之巧于哺啜，精彩迭出，不一而足，容分而述之。

“炒”之一字,《广韵》释“煼，熬也，初爪切。炒、……䎀，并上同。”[①]北魏贾思勰《齐民要术 · 做酱法》:“临食，细切葱白，著麻油炒葱，令熟，以和肉酱。”[②]此殆与今日吾人炒菜炝锅之法无大差异，区别唯在前者“以和肉酱”，而今人为烹菜肴也。又唐人刘恂之《岭表录异》言及粤东海夷卢亭食牡蛎，“大者醃为炙，小者炒食”[③]。是唐人亦已知食物之炒法。然《齐民要术》所言炒葱，乃鲜卑拓跋氏统治之北方地区做酱之添加物，《岭表录异》所言之炒蠔乃海峤边民权宜之法，皆不能代表中国饮食文化之特色也。若唐、五代人之炊爨，今所能知者，似仍以蒸煮炙煎为主要手段，“炒”则多用之于制茶与夫制药。菜肴炒制之兴盛当始于宋代，观宋人笔记，炒制之食物屡见不鲜，若《东京梦华录》《武林旧事》《梦粱录》《都城纪胜》《西湖老人繁胜录》等，所记炒食不胜枚举，如：生炒肺、炒蛤蜊、炒蟹、

① ［宋］陈彭年:《钜宋广韵 · 上声三十一 · 巧韵》，上海古籍出版社，1983 年版。

② ［北魏］贾思勰:《齐民要术》卷八《做酱法第七十》，四部丛刊景明钞本。

③ ［唐］刘恂:《岭表录异》卷下，清武英殿聚珍版。

炒鸡兔、炒肺、炒羊（以上《东京梦华录》）；炒鳝、腰子假炒肺、炒鸡蕈、炒鸡面、炒鳝面、炒白虾（以上《梦粱录》）；炒沙鱼衬汤、鳝鱼炒鲎、炒白腰子、南炒鳝（以上《武林旧事》）。又《东京梦华录》卷九"宰执亲王宗室百官入内上寿"载："凡御宴至第三盏，方有下酒肉、咸豉、爆肉、双下驼峰角子"[①]。其中"爆肉"，实亦将生肉爆炒，与今日之"爆三样""荒爆里脊"并无二致。然则宋人于口感之爽脆嫩滑殆有独造之趣，盖炒之用于烹饪，贵在取其火候，旺火烹油，生鲜撮入，点化盐豉，翻覆即成，妙在脆嫩适口，可以咄嗟立办。比之绘事，有如泼墨写意，痛快淋漓。此又与宋代市井商业之勃兴密切相关，宋代城市经济繁荣，市井文化丰富多彩，市民之情趣观念借娱乐饮食表露无遗，且五行八作已初具品牌意识与广告功能，凡酒店食肆，例有招牌，且多以店主姓氏及独擅之物冠名，如钱塘门外宋五嫂鱼羹、官巷口光家羹、张家酒店、王楼山洞梅花包子、曹婆婆肉饼、李四分茶、鹿家包子、薛家分茶、羊

---

① ［宋］孟元老:《东京梦华录》卷九，《东京梦华录笺注》，伊永文笺注，中华书局，2006 年版，第 833 页。

饭、熟羊肉铺……① 宋人《枫窗小牍》云：

> 旧京工伎固多奇妙，即烹煮槃案，亦復擅名。如王楼梅花包子、曹婆肉饼、薛家羊饭、梅家鹅鸭、曹家从食、徐家瓠羹、郑家油饼、王家乳酪、段家鹿物、不逢巴子，南食之类，皆声称于时。若南迁湖上，鱼羹宋五嫂、羊肉李七儿、奶房王家、血肚羹宋小巴之类，皆当行不数者。②

以上所列宋人市食不过九牛一毛，然已可见品类之丰与商家知识产权意识之初兴。尤可注意者，乃在宋之食肆庖人不惜炫奇斗智，以假乱真。宋人笔记载录市食，屡见标示假名者，如假河豚、假元鱼、假蛤蜊、假野狐、假炙獐（《东京梦华录》）；假江珧、姜醋假公权、假公权煤肚（《武林旧事》）；假沙鱼、假团圆燥子、油煤假河豚、杜布假清羹、江鱼假鲚、虾蒸假奶、小鸡假花红清羹、小鸡假炙鸭、五色假料头肚尖、假炙江珧肚尖、假燠鸭、野味假炙、假炙鲎柈、假燠蛤蜊肉、假淳

---

① 同上，第82页。唯"宋五嫂鱼羹"见《都城纪胜·诸行》，清武林掌故丛书本。

② ［宋］袁褧：《枫窗小牍》卷上，文渊阁四库全书版。

菜腰子、假炒肺、假牛冻、假驴事件、假炙鸭、假羊事件、假煎白肠、煎假乌鱼、假肉馒头（《梦粱录》）；夺真鼋鱼（《西湖繁盛录》）。明知有真物在，而公然示之以假，则不独见胆略气魄，更可觇知宋代市民之美学趣味。盖此类假物，妙在色、香、味、形俱仿真物，甚且直夺真物之美，使哺啜者于含玩咀嚼之际，得似真非真、半假半真之趣。此正与书、画、戏曲乃至一切中国艺术之义理相通。由是以观，宋人之饮馔，实已超越果腹之基本生存需要而达于审美层面，对美味之追求，渐成全社会之风气，自上而下，服用僭侈。王栐《燕翼诒谋录》谓："咸平、景德以后，粉饰太平，服用寖侈，不惟士大夫之家崇尚不已，市井闾里以华靡相胜，议者病之。"[①]是自真宗始，奢靡之风已起于青萍之末。《东京梦华录》云：

> 大抵都人风俗尚侈，度量稍宽，凡酒店中，不问何人，止两人对坐饮酒，亦须用注碗一副、盘盏两副，果菜楪各五片，水菜碗三五只，即银近百

---

① ［宋］王栐：《燕翼诒谋录》卷二，诚刚点校，中华书局，1981年版。

两矣。虽一人独饮，盌遂亦用银盂之类。其果子菜蔬，无非精洁^①。

南渡以后，此风有增无已。庄绰《鸡肋编》谓："两浙妇人皆事服饰、口腹，而耻为营生。故小民之家不能供其费者，皆纵其私通，谓之'贴夫'。公然出入，不以为怪。"^②陶宗仪《辍耕录》卷十一亦云："杭民尚淫奢，男子诚厚者十不二三。妇人则多以口腹为事，不习女工。至如日用饮膳，惟尚新出而价贵者。稍贱便鄙之，纵欲买，又恐贻笑邻里。"所述虽系元末事，然风气之成，实昉自赵宋。宋士人于此，颇著讽谕。罗大经《鹤林玉露》载："有士夫于京师买一妾，自言是蔡太师府包子厨中人。一日，令其作包子，辞以不能。诘之曰：'既是包子厨中人，何为不能作包子？'对曰：'妾乃包子厨中缕葱丝者也。'"^③与此则异曲同工者有洪巽《旸谷漫录》所载"京师厨娘"事：

① 《东京梦华录笺注》，第 420～421 页。
② ［宋］庄绰：《鸡肋编》卷中，丛书集成初编本，第 58 页。
③ ［宋］罗大经：《鹤林玉露》卷六，王瑞来点校，中华书局，1983年，第 337 页。

京都中下之户，不重生男，每生女则爱护如捧璧擎珠。甫长成，则随其资质教以艺业，用备士大夫采拾娱侍。名目不一，有所谓身边人、本事人、供过人、针线人、堂前人、剧杂人、拆洗人、琴童、棋童、厨子，等级截乎不紊。就中厨娘最为下色，然非极富贵家不可用。予以宝佑丁巳参闱寓江陵，尝闻时官中有举似其族人置厨娘事，首末甚悉，谩申之以发一笑。其族人名某者，奋身寒素，已历二倅一守。然受用淡泊，不改儒家之风。偶奉祠居里，便婢不足使令，饮馔且大粗率。守念昔留某官处，晚膳出京都厨娘调羹，极可口。适有便介如京，谩作承受人书，嘱以物色，价不屑教。未几，承受人复书曰："得之矣。其人年可二十余，近回自府地，有容艺，能算能书，旦夕遣以诣直。"不二旬月，果至。初憩五里头时，遣脚夫先申状来，乃其亲笔也，字画端楷。历叙庆新，即日伏事左右，千乞以回轿接取，庶成体面。辞甚委曲，殆非庸碌女子所可及，守一见为之破颜。及入门，容止循雅，红衫翠裙，参侍左右乃退，守大过所望。少选，亲朋皆议举杯为贺，厨娘亦遽致使厨之请，守曰："未可展会，明日且具常食五杯五分。"厨娘请食品菜品质次，守书以示之，食品第一为羊头签，菜品第一为葱齑，余皆易办者。厨娘谨奉旨，数举笔砚具物料。内羊头签五分，合用羊头十个也；葱齑五楪，合用葱五斤，他称是。守因疑其妄，然未欲遽示以俭鄙，姑从之，而密觇其所用。翌旦，厨师告物料齐，厨娘发行奁，取锅铫盂勺汤盘之属，令小婢先捧以行，熣灿耀目，皆白金所为，大约正该五七十两。至如刀砧杂器，亦一一精緻，傍观啧啧。厨娘更围袄围裙，银索攀膊，掉臂而入，据坐胡床。徐起，切抹批脔，惯熟条理，真有运斤成风之势。其治羊头也，漉置几上，剔留脸肉，余悉掷之地。众问其故，厨娘曰："此皆非贵人之所食矣。"众为拾置他所，厨娘笑曰："若辈真狗子也。"众虽怒，无语以答。其治葱齑也，取葱彻微过汤沸，悉去鬚叶，视楪之大小分寸而裁截之，又除其外数重，取条心之似韭黄者，以淡酒醯浸渍，余弃置，了不惜。凡所供备，馨香脆美，济楚细腻，难以尽其形容。食者举筯无赢余，相顾称好。既彻席，厨娘整襟再拜曰："此日试厨，幸中台意，照例支犒。"守方迟难，厨娘曰："岂非待检例耶？"探囊取数幅纸以呈，曰："是昨在某官处所得支赐判单也。"守视之，其例每展会支赐或至千券数疋，嫁娶或至三二百千双疋，无虚拘者。守破悭勉强，私窃喟叹曰："吾辈事力单薄，此等筵宴不宜常举，此等厨娘不宜常用。"不两月，托以它事善遣以还。其可笑如此 [①]。

此段所述京都厨娘，服饰携带之奢华，仪态举措之矜持，技艺之出神入妙，条理之秩然有度，与"守"之寒酸俭鄙、支吾勉强适成鲜明对照，而描摹之委曲，笔意之跌宕，实已颇有小说家风致。今之学者李剑国氏收此篇入《宋代传奇集》，良有以也。是篇与上文"缕葱丝者"一繁一简，适可见宋代达官贵胄饮食之穷奢极侈，亦可知宋代烹饪技艺之精巧殊绝。

与"京师厨娘"可互相印证者，又有宋末陈世崇《随隐漫录》所记理宗赐太子玉食批事：

---

① ［宋］洪巽：《旸谷漫录》，《说郛》卷七十三，中国书店 1986 年影印涵芬楼本。

偶败箧中得上每日赐太子玉食批数纸，司膳内人所书也，如酒醋白腰子、三鲜笋炒鹌子、烙润鸠子、爊石首鱼、土步辣羹、海盐蛇鲊、煎三色鲊、煎卧乌、焅湖鱼、糊炒田鸡、鸡人字焙腰子、糊燠鲇鱼、蝤蛑签、麂膊及浮助、酒醋江珧、青虾辣羹、燕鱼乾、爊鲻鱼、酒醋蹄酥、片生豆腐、百宜羹、燥子煠白腰子、酒煎羊二牲、醋脑子清汁、杂熝胡鱼肚儿辣羹、酒炊淮白鱼之类。呜呼，受天下之奉，必先天下之忧。不然，素餐有愧，不特是贵家之暴殄。略举一二，如羊头签止取两翼，土步鱼止取两腮，以蝤蛑为签、为馄饨、为枨瓮，止取两螯，余悉弃之地，谓非贵人食。有取之，则曰：若辈真狗子也。噫，其可一日不知菜味哉！①

此食单，江鲜野味，海错山珍，穷极水陆之精异。而羊头只取两靥，土步鱼只取两腮，蝤蛑（梭子蟹）则只取两螯，余皆委弃。理学家真德秀尝"论菜"曰："百姓不可一日有此色，士大夫不可一日不知此味。"②宋之

---

① ［宋］ 陈世崇:《随隐漫录》卷二，明稗海本。
② ［宋］ 罗大经:《鹤林玉露》甲编卷二，中华书局，1983 版，第35 页。

亡，正与居上者恣纵口腹之欲，而不知菜味攸关。

二、

宋之朝廷，优礼文官，前世所无。魏晋以降之门阀势力，至宋已荡然无存。士大夫出身寒素，奋发蹈厉者多，又喜高谈义理，炳彪气节。饮馔虽小道，宋之士人则往往于品鉴哺啜之余，发为玄远窅渺之论，以见性情之卓荦不群，甚且以饮食论治道人生，颇寓寄托。赵令畤《侯鲭录·序》云："夫天下有有味之味，有无味之味。有味之味，能味乎一时，而不能味于时时与天下后世。无味之味细咀而始知，愈嚼而愈美，达可以调商家之鼎，穷可以乐颜巷之瓢，其天下之至味乎！"[1]此语之哲理直可与孟子"治大国若烹小鲜"等量齐观也。

至若宋人以饮食见性情趣味之例，尤不胜枚举。孙奕《示儿编》云：

淮有河豚，吴人目其腹为西施乳（《雌黄》）。

福州岭口有蛤，闽人号其甘脆为西施舌（《诗说隽

---

① ［宋］赵令畤：《侯鲭录·序》，中华书局，2002年，第31页。

永》）故东坡居常州，颇嗜河豚，而里中士大夫家有妙于烹是鱼者，招东坡享之。妇子倾室闯于屏间，冀一语品题。东坡下箸大嚼，寂如喑者。闯者失望相顾。东坡忽下箸云："也直一死。"于是合舍大悦。噫，东坡诚有味其言，使嗜色如嗜河豚者而不知戒，皆不免于死。噫，东坡诚有味其言。[1]

按，东坡论食河豚值得一死事，宋人记载不一，较早者尚有《邵氏闻见后录》所云："经筵官会食资善堂，东坡盛称河豚之美，吕元明问其味，曰：'值那一死。'"[2]两者相校，一在野，一在朝，相去不可以道里计，且《示儿编》所述颇近小说家言。然东坡之嗜河豚，大抵可无疑议。"也值一死"与"值那一死"语义相埒，悬揣东坡虽腹笥充厚，于河豚之美竟难赞一词，殆恐唐突此至美之味欤！遂以死许之。此正与清人李笠翁视螃蟹同。笠翁《闲情偶寄》云："予于饮食之美，无一物不能言之，且无一物不穷其想象，竭其幽渺而言之，独

---

① ［宋］孙奕：《示儿编》卷十七"杂记西施乳舌"，元刘氏学礼堂刻本。

② ［宋］邵博：《邵氏闻见后录》卷三十，中华书局，1983年，第237页。

于蟹螯一物，心能嗜之，口能甘之，无论终身一日皆不能忘之，至其可嗜可甘与不可忘之故，则绝口不能形容之。①"然则东坡与笠翁真可谓知味而能幽默者矣。有关东坡饮食之趣闻，尚有朱弁《曲洧旧闻》所载"毳饭"事，可发一粲：

东坡尝与刘贡父言："某与舍弟习制科时，日享三白，食之甚美，不复信世间有八珍也。"贡父问三白，答曰："一撮盐，一楪生萝卜，一盌饭，乃三白也。"贡父大笑。久之，以简招坡过其家吃皛饭。坡不省忆尝对贡父三白之说也，谓人云："贡父读书多，必有出处。"比至赴食，见案上所设唯盐、萝卜、饭而已，乃始悟贡父以三白相戏，笑投匕筯，食之几尽。将上马，云："明日可见过，当具毳饭奉待。"贡父虽恐其为戏，但不知毳饭所设何物，如期而往。谈论过食时，贡父饥甚索食，坡云少待。如此者再三，坡答如初。贡父曰："饥不可忍矣。"坡徐曰："盐也毛，萝卜也毛，饭也

① ［清］李渔：《闲情偶寄》卷十二"饮馔部"，江苏广陵古籍刻印社1991年影印康熙刻本，第271页。

毛，非氄而何？"贡父捧腹曰："固知君必报东门之役，然虑不及此也。"坡乃命进食，抵暮而去。世俗呼无为模，又语讹模为毛，尝同音故，坡以此报之，宜乎贡父思虑不到也。[①]

文中刘贡父名攽，与兄敞皆登进士，抵斥王安石新法。邃于史学，尝与司马温公同修《资治通鉴》，与苏轼为好友，为人极善谐谑。此文所述"䶅饭"与"氄饭"，于游戏雅谑之间，颇可觇知宋士人之精神气质。游目骋怀，禅心涉世，小节不拘，举动成趣。此境非学殖深湛、襟怀磊落、谙熟性理、达观阅世者不能造焉。与"氄饭"事可以互相映衬者，有《侯鲭录》所载黄山谷品食："黄鲁直云：烂蒸同州羊羔，沃以杏酪，食之以匕不以箸，抹南京面，作槐叶冷淘，糁以襄邑熟猪肉，炊共城香稻，用吴人鲙松江之鲈。既饱，以康王谷帘泉，烹曾坑斗品。少焉，卧北窗下，使人诵东坡赤壁前、后赋，亦足少快。"[②]此语《曲洧旧闻》以为出自东坡，观其词意，仍以山谷为是。同州为陕晋沿河交界之

---

① ［宋］朱弁：《曲洧旧闻》卷六，知不足斋丛书本。
② ［宋］赵令畤：《侯鲭录》卷八，孔凡礼点校，中华书局，2002年，第200页。

要冲，在汉属左冯翊，其地所产羊羔味美。"槐叶冷淘"，清卢元昌《杜诗阐》注杜甫《槐叶冷淘》诗云："以槐叶为面，冬取其温，夏取其凉。又有槐芽温淘，水花冷淘。""制冷淘者，以槐叶为主，相之则以新面汁与滓化，宛然相俱，如一色然。"[①]曾坑斗品，为宋代建茶之上品，沈括《梦溪笔谈》谓："古人论茶，唯言阳羡、顾渚、天柱、蒙顶之类，都未言建溪。然唐人重串茶，粘黑者则已近乎建饼矣。建茶皆乔木，吴蜀淮南唯丛茭而已，品自居下。建茶胜处曰郝源、曾坑，其间又岔根、山顶二品尤胜。"[②]叶梦得《避暑录话》亦云："北苑茶正所产为曾坑，谓之正焙，非曾坑为沙溪，谓之外焙。二地相去不远，而茶种悬绝。沙溪色白，过于曾坑，但味短而微涩，识茶者一啜，如别泾渭也。"[③]至于松江四腮鲈鱼，向为食中珍品，早经晋人张翰揄扬渲染，脍炙人口，不假我一二谈也。山谷此言，意气豪宕，熔西北之粗放与江南之都雅于一炉，集文章之妙品与食物之珍奇为一境，缘品食而至论道，由口腹而至精神，正是宋人玄谈之典型风范。

---

① ［清］卢元昌:《杜诗阐》卷二十六，康熙二十一年刻本。
② ［宋］沈括:《梦溪笔谈》卷二十五,四部丛刊续编景明本。
③ ［宋］叶梦得:《避暑录话》卷下，津逮秘书本。

余尝谓华夏美食命名之最色情者曰"西施乳"、曰"西施舌"，而二物之得名皆出宋人，赵彦卫《云麓漫钞》谓："《艺苑雌黄》亦云：'河鲀腹胀而斑状甚丑，腹中有白曰讷，有肝曰脂。讷最甘肥，吴人甚珍之，目为西施乳。'东坡云腹腴者是也。"[①] 古人食鱼，视腹下肥白处为最美。周密《齐东野语》曰："余读杜诗'偏劝腹腴愧少年'，喜其知味。坡诗亦云：'更洗河豚烹腹腴。'黄诗亦云：'故园渔友脍腹腴。'按《礼记·少仪》云：'羞濡鱼者进尾，冬右腴。'注云：'腴，腹下也。'《周礼·疏》：'燕人脍鱼方寸，切其鱼以啖所贵。引以证臆，臆亦腹腴。'《前汉》：'九州膏腴。'师古注云：'腹下肥白曰腴。'"[②] "西施舌"之名，亦宋人首创。胡仔《苕溪渔隐丛话》云："《诗说隽永》云：福州岭口有蛤属，号西施舌，极甘脆。其出时天气正热，不可致远。吕居仁有诗云：海上凡鱼不识名，百千生命一杯羹。无端更号西施舌，重与儿曹起妄情。"[③] 居仁乃两宋之交著名诗人、词人吕本中字，此诗见于其《东莱诗集》。由

---

① ［宋］赵彦卫：《云麓漫钞》卷五，商务印书馆中华民国二十五年（1936）丛书集成初编本，第149页。

② ［宋］周密：《齐东野语》卷十六，中华书局，1983年，第302页。

③ ［宋］胡仔：《苕溪渔隐丛话后集》卷二十四，乾隆刻本。

此可见，西施舌之得名，应在北宋。南宋初状元王十朋《梅溪集》有诗咏此物"吴王无处可招魂，惟有西施舌尚存。曾共君王醉长夜，至今犹得奉芳尊。"[①] 明人陈懋仁《泉南杂志》于此物之形色有翔实载记，"西施舌，壳似蛤而长，外色若水蚌，壳内色如孔翠，肉白似乳，形酷肖舌，阔约二指，长及二寸，味极鲜美，无可与方。舌本有数肉条如须然，是其饮处"[②] 清初李渔由此而发绮思，谓："所谓西施舌者，状其形也。白而洁，光而滑，入口咀之，俨然美妇之舌，但少朱唇皓齿，牵制其根，使之不留而即下耳。"[③] 同时之周亮工亦仿画论之语，列此物于"神品"[④]。"食色性也"[⑤]，因食物之珍稀感悟美人之难得，因食物之形状联想及美人之身体，且具体而微，以最能引发色情想象之美人之乳与美人之舌命名之，进而饫甘餍肥，并美色与美味含玩咀嚼，极口腹与艳想之欲。或终生无缘一见此二物，然亦可因其名而

---

① ［宋］王十朋：《梅溪先生后集》卷二十，四部丛刊景明正统刻本。

② ［明］陈懋仁：《泉南杂志》卷上，宝颜堂秘笈本。

③ ［清］李渔：《闲情偶寄》卷十二，江苏广陵古籍刻印社 1991 年影印康熙刻本，第 274 页。

④ ［清］周亮工：《闽小记》卷二，上海古籍出版社 1985 年影印瓜蒂庵藏明清掌故丛书本。

⑤ 《孟子·告子·上》，清阮元《十三经注疏》本，《孟子注疏》卷十一。

兴绮思丽情，寄无穷之感慨于诗文笔记。此诚吾国饮食文化之一大关楗也。二物之得名，初不必由文人学士，然揄扬彰表，用为谈资，乃至悬想寄托，欲餐秀色，则非文人学士莫办。

三、

宋之市食，亦有平常之物而牵系一代兴亡之感，引发禾黍铜驼之怨者，如"宋嫂鱼羹"。周密《武林旧事》卷三"西湖游幸"条记淳熙间，孝宗乘龙舟游幸西湖，"小舟时有宣唤赐予，如宋五嫂鱼羹，尝经御赏，人所共趋，遂成富媪"①。前引《都城纪胜》言宋五嫂鱼羹设肆钱塘门外，又《枫窗小牍》撰者云："宋五嫂，余家苍头嫂也。每过湖上，时进肆慰谈，亦他乡寒故也。悲夫！②"是宋嫂鱼羹在汴京时已有名于市肆，靖康之变，随宋室南渡至钱塘，竟蒙御赏，乃成暴富。明人冯梦龙氏《古今小说》卷三十九《汪信之一死救全家》之入话即就此敷衍：

---

① ［宋］周密:《武林旧事》卷三，民国景明宝颜堂秘笈本。
② ［宋］袁褧:《枫窗小牍》卷上，文渊阁四库全书本。

话说大宋乾道淳熙年间，孝宗皇帝登极，奉高宗为太上皇。那时金邦和好，四郊安静，偃武修文，与民同乐。孝宗皇帝时常奉着太上乘龙舟来西湖玩赏。湖上做买卖的，一无所禁，所以小民多有乘着圣驾出游，赶趁生意，只卖酒的也不止百十家。且说有个酒家婆姓宋，排行第五，唤做宋五嫂。原是东京人氏，造得好鲜鱼羹，京中最是有名的。建炎中随驾南渡，如今也侨寓苏堤赶趁。一日太上游湖，泊船苏堤之下，闻得有东京人语音，遣内官召来，乃一年老婆婆。有老太监认得他是汴京樊楼下住的宋五嫂，善煮鱼羹，奏知太上。太上提起旧事，凄然伤感，命制鱼羹来献。太上尝之，果然鲜美，即赐金钱一百文。此事一时传遍了临安府，王孙公子，富家巨室，人人来买宋五嫂鱼羹吃。那老妪因此遂成巨富。有诗为证：一碗鱼羹值几钱，旧京遗制动天颜。时人倍价来争市，半买君恩半买鲜。[①]

---

① ［明］冯梦龙:《古今小说》卷三十九，许政扬校注，人民文学出版社，1958年，第624页。

　　吾国制羹之历史甚久远，"三礼"中屡见，祭祀朝聘以迄庶民之食，几无不有羹，且鱼肉蔬藿无不可为羹，今韩国中年以上人进餐，仍持"无羹不饭"之古意。是羹于古人，乃正餐中须臾不可离之寻常食物。唯宋嫂之鱼羹，始以五味调和之妙享誉于汴京市井，旋又迤逦南渡，转徙于杭州钱塘门外，虽所取材已非河、汴旧物，而鲜美或反胜于曩时。尤可注意者，乃在斯人斯物所凝结象征之故国情怀。"时人倍价来争市"，固有"曾经御赏"之广告效应，而"旧京遗制"所牵连北地一代移民麦秀之悲方为此羹不寻常处。

　　宋人于饮食，能创造、富想象，新意迭出，穷极精妙。宋人谈饮食，重机趣，参玄理，咀味人生，时见性情。略如上述。

　　两宋以降，笔记篇帙浩繁，谈及饮食者曷胜枚举。明人顾起元《客座赘语》云："陶秀实学士《清异录》载金陵七妙：齑可照面，饭可打擦台，馄饨汤可注研，湿面可穿结带，饼可映字，醋可作劝盏，寒具嚼著惊动十里人。今犹有此数物，起面饼以城南高座诸寺僧所供为胜，馄饨汤与寒具市上鬻者颇多，寒具即馓子，醋绝有佳者，但作劝盏恐齿齼，不禁一引耳。秀实又言，金陵士大夫颇工口腹，至今犹然，而哺啜家又竞称吴越间。世言天下诸福，唯吴越口福，亦其地产然也。"[1]顾起元系江宁（今南京市）人，万历二十六年（1598）会元，殿试探花，累官至国子祭酒、吏部左侍郎兼翰林院侍读学士，学识赅博。陶秀实即陶穀，历晋、汉、周至宋初，为礼、刑、户三部尚书，宏博隽辩。此段引文涉及蔍、饭、馄饨汤、湿面、饼、醋、寒具（馓子），皆寻常市食而制法形质迥异于他处。"蔍可照面"，云腌菜之汤极清，可映面。"混沌汤可注研"言馄饨汤清澈可以研墨。"湿面可穿结带"言捞出之面条筋斗可以打结。"饼可映字"，谓饼薄如纸，若今日全聚德烤鸭店所制薄饼，可以透视。"醋可以劝盏"，言醋味甘，可以劝杯代酒。"寒具嚼著惊动十里人"，谓馓子极酥脆，咀嚼之声可传远。唯"饭可打擦台"未审其义，不敢妄为申说。然则自五代至晚明，金陵之饮食代有传承，愈趋精妙。盖以其既能得东南之地利，复因六朝金粉、文章俊彦之聚集，遂使烧尾之宴，珍错罗列；郇公之厨，花样翻新。

明清之际，述饮馔而具文采辞章者，当推张宗子与

---

① ［明］顾起元:《客座赘语》，谭棣华、陈稼禾点校，中华书局，1987年，第22页。

李笠翁，二者门第交游固有高下清浊之异，于哺啜一道则识见相同，孤标自赏。宗子《陶庵梦忆》云：

> 食品不加盐醋而五味全者，为蚶，为河蟹。河蟹至十月与稻粱俱肥，壳如盘大，坟起，而紫螯巨如拳，小脚肉出，油油如螾蚵。掀其壳，膏腻堆积如玉脂珀屑，团结不散，甘脆虽八珍不及。一到十月，余与友人兄弟辈立蟹会，期于午后至，煮蟹食之，人六只，恐冷腥，迭番煮之。从以肥腊鸭、牛乳酪、醉蚶如琥珀，以鸭汁煮白菜如玉版，果蓏以谢橘、以风栗、以风菱。饮以玉壶冰，蔬以兵坑笋，饭以新余杭白，漱以兰雪茶。繇今思之，真如天厨仙供，酒醉饭饱，惭愧惭愧。纯生氏曰：昔有嗜蟹者曰，愿来世蟹亦不生，我亦不食。一僧精禅理，尤好嗜蟹。蟹投，百沸作郭索状，触釜铮铮有声。僧颊而祝曰：汝莫心焦，待汝一背红，便不痛楚也[1]。

此言阀阅人家之食蟹，所配饮馔皆精洁至极。纯生

---

[1] ［明］张岱：《陶庵梦忆》卷八，乾隆五十九年王文诰刻本。

氏为清乾隆时浙江仁和人王文诰字，王于乾隆五十九年（1794）编刻乡先辈张岱《陶庵梦忆》，屡有点评。此段尤为生动，将老饕嘴脸刻画无遗。笠翁之嗜蟹，已于前文述及。其品鉴点评，精微卓荦，有他人不能及处：

蟹之为物至美，而其味坏于食之之人。以之为羹者，鲜则鲜矣，而蟹之美质何在？以之为脍者，腻则腻矣，而蟹之真味不存。更可厌者，断为两截，和以油盐豆粉而煎之，使蟹之色，蟹之香与蟹之真味全失。此皆似嫉蟹之多味，嫉蟹之美观，而多方蹂躏，使之泄气而变形者也。世间好物，利在孤行。蟹之鲜而肥，甘而腻，白似玉而黄似金，已造色香味三者之至极，更无一物可以上之……凡食蟹者，只合全其故体，蒸而熟之，贮以冰盘，列之几上，听客自取自食，剖一匡，食一匡，断一螯，食一螯，则气与味纤毫不漏，出于蟹之躯壳者，即入于人之口腹。饮食三昧，再有深入于此者哉！[1]

---

[1] ［清］李渔：《闲情偶寄》卷十二，江苏广陵古籍刻印社 1991 年影印康熙刻本，第 272 页。

笠翁于生存起居之道，每多睿智独到之见，且娓娓道来，机锋四溢，雅俗共赏。此并张宗子之品蟹，可谓双美。

清人袁枚，于饮食男女亦皆有偏嗜，且不独躬自享乐，复能笔之于书册。其《随园食单》即专谈饮食之作也。按其体例，可依《遂初堂书目》入"谱录"类。其序云："《说郛》所载饮食之书三十余种，眉公、笠翁亦有陈言。曾亲试之，皆阏于鼻而蜇于口，大半陋儒附会，吾无取焉。[①]"观其序，可窥其人于饮馔一道自视甚高，于陈继儒、李渔皆啧有烦言，颇不屑焉。而观其"食单"，实乃今日所谓"烹饪大全""经典菜谱"一类日用之书耳，依法炮制，或能有益于厨艺，而去天道神思则远矣哉。试举"花边月饼"，以见一斑：

> 明府家制花边月饼，不在山东刘方伯之下。余常以轿迎其女厨来园制造，看用飞面拌生猪油子团百搦，才用枣肉嵌入为馅，裁如碗大，以手搦其

---

① ［清］袁枚：《随园食单·序》，《袁枚全集》第五册，江苏古籍出版社，1993 年。

四边菱花样。用火盆两个，上下覆而炙之。枣不去皮，取其鲜也；油不先熬，取其生也。含之上口而化，甘而不腻，松而不滞，其工夫全在搦中，愈多愈妙①。

知堂（周作人）曾评曰："若以《随园食单》来与'饮馔部'（李渔《闲情偶寄》卷十二"饮馔部"）的一部分对看，笠翁犹似野老的掘笋挑菜，而袁君乃仿佛围裙油腻的厨师矣。②"此语堪可谓定评。

结语

吾中国饮食文化精深博大，含蕴无穷，可以喻政治，体人生，参玄理，明道术，资博物，供品评。窃忖欲以哺啜家（今称美食家）名世者，当先具四质素。一者，识见广博，兼采并蓄。须味觉灵敏，足践四方，雅俗精粗，亲尝遍历。二者，腹笥稍丰，涉笔成趣。须读书多且杂，善言谈而有味，擅属文而能尽饮馔之趣。三

---

① 　同上，第91页。

② 　周作人：《苦竹杂记》，岳麓书社1987年据1936年上海良友图书出版公司初版校点重印本。

者，穷达亨困，谙练世情。须命途有舛，曾经沉浮。若一生闭处于钟鸣鼎食之家，不知世间疾苦，终只是"何不食肉糜"之辈。四者，心境冲和，无欲之欲。须斥去功利，但求审美。若生意场上，官宴之席，心怀觊觎之念，情限尊卑之阻，纵匏凤烹龙，珍馐罗列，亦不免味同嚼蜡矣。

◎ 关于饮食的书籍

从宋代开始，笔记中开始较多地记载饮食，实际是通过饮食写人，写官场，写社会，写风俗。不过，限于笔记的杂纂体例，往往需要从大量的各类杂记中搜剔出谈论饮食的段落。也有写饮馔的专书，如《茶经》《蟹谱》《山家清供》《遵生八笺》《调鼎集》，大多适宜研究饮食科学的人看。还有《清稗类钞》第十三册专设"饮食类"，内容丰富，无所不谈。由明入清的张岱、李渔有关饮食的小品最好看，品味也最高雅。周作人曾比较李渔与袁枚的高下，他说，如果拿十分看不起李渔的袁枚的饮食名著《随园食单》，"来与'饮馔'部（按：指李渔《闲情偶寄》卷十二）的一部分对看，笠翁（李渔号笠翁）犹似野老的掘笋挑菜，而袁君乃仿佛围裙油腻的厨师矣。"知堂老人口味清淡，扬李抑袁顺理成章。

不过我后来仔细读《随园食单》，觉得许多经验之谈实在有裨于烹饪。如他谈火腿的制法，谈作料的使用，谈燕窝鱼翅"全无性情，寄人篱下"，皆颇有道理。

现代人的饮食专著读过周三金《名菜小史》、梁实秋《雅舍谈吃》、齐如山《中国馔馐谈》、朱振藩《食家列传》、汪曾祺《五味》、龚鹏程《饮馔丛谈》、赵珩《老饕漫笔》、逯耀东《肚大能容》《寒夜客来》、蔡澜《蔡澜谈吃》、柯平《大话荤食》、林文月《饮膳札记》，还有新星出版社的《明报·茶酒共和国》等，当然还有陆文夫的小说《美食家》。最喜欢梁实秋，他写的大多是市井的吃食，并没有什么驼峰熊掌、燕翅鲍参，但他善于描摹人情世态，写来不仅有烟火气，还有一种骨子里的幽默。如他写天津包子汤汁多，吃的时候要小心：

两个不相识的人据一张桌子吃包子，其中一位一口咬下去，包子里的一股汤汁直飙过去，把对面客人喷了个满脸花。肇事的一位并未察觉，低头猛吃。对面那一位很沉得住气，不动声色。堂馆在一旁看不下去，赶快拧了一个热手巾把送了过去。客徐曰："不忙，他还有两个包子没吃完哩。"

我想，心情再抑郁的人看了这段，也会开颜解颐吧。饮食的文章其实不好写，倘若只交代吃了什么，谁吃的，怎么做的，如何好吃，那就不过是一篇流水账或者一张菜谱。好的文章一定会通过吃喝来写人，人在饮馔中的神情意态、言谈举止，席面上所隐含的人际关系、人之品格，饮食在文学作品中的叙事功能，对情节发展的推演作用，这才是耐人寻味的地方。这方面，《金瓶梅词话》堪称典范，巴尔扎克的《邦斯舅舅》也不错。当然，这都是长篇小说，若以小品笔记的短章来写饮食，还要写得好，就更难了。

附 忆金寄水先生

　　十年前，作家邓友梅曾写过一篇《印象中的金受申》的妙文，载于舒乙先生主编的《京华奇人录》中，文章虽重在写金受申，实则于金寄水之为人亦不乏神来之笔，只是主客有别，未得尽情挥洒而已。故篇末寄语云："我想将会有人正经写写金受申，也会有人正正经经地写写寄水。"《京华奇人录》中还收有吴晓铃先生一篇短文《金受申和金寄水——与邓友梅兄笔谈》，吴老学富五车，写来自是摇曳多姿，其中便提到寄水先生所推荐的"两种连仿膳都未上菜谱的睿王爷家饺子"，以及寄水先生之安于清贫、诗酒自乐的隐逸之风与博雅之趣。余生也晚，无缘在吴老谢世之前与几席之末，亲聆謦欬。但以家世性情，种种因缘聚合，得以于垂髫之年即拜识寄水先生，且在先生晚年，竟成忘年之交。先生之高才逸韵，衣被于余者非止一端。十数年来，每欲撰文追忆其人其事，而操觚之际，又恐下笔驽钝，唐突古人，是以迁延至今。

寄水先生系前清和硕睿亲王多尔衮的第十一世孙，乾隆四十三年，以多尔衮抚定疆陲，摄政有功，追复其睿亲王爵，世袭罔替。故寄水先生的童年时代，仍得以在北京东城外交部街的睿王府度过。寄水先生与我父亲陶君起于二十世纪三十年代相识。先严出身蒙古贵胄，祖上累世为前清显宦，且多尚清宗室之女。我的二姑父金启暲又是康熙十四子固山贝子、恂郡王允禵裔孙，与寄水先生为宗兄弟。有此数层渊源，加以同做报人，又气味相投，故相识不久即订交，兼修通家之谊。三、四十年代寄水先生之诗酒风流，交游谈燕以及升沉出处我都知之不详，只是在先生谢世后悼念他的讣文中看到：一九三九年，伪满洲宗人府驻京办事处诱劝他去"新京"承袭睿亲王世爵，他断然拒绝，并坦然回应："我金某人纵然饿死长街，也不向石敬瑭辈称臣。"由此可见，寄水先生在大事上是讲气节的。"文革"以后我和他过从渐多，恍然悟出这种气节完全有可能来自他的贵族血统，来自他幼时所受的贵族教育。"血统论"固然将随"文革"一道遗臭万年，但我近年越来越感觉到：要想知人论人，有时是必须追索一下他的家世血统的。

我对寄水先生产生印象大约始于"反右"之前，那时我尚未进学，家住西直门内南草场后广平库十一号。寄水先生每周总要来一两次，每次来，总是先到我祖父祖母的屋里坐上一会儿，再到我叔父的屋里寒暄一回，然后才踅过东边我父亲住的两间北房。寄水先生与父亲同庚，但长父亲几个月，因此我们兄弟都称他金伯伯。金伯伯个子很高，走起路来上身微微有些前倾，大背头永远一丝不乱，衣着整洁，但从未见他穿过皮鞋。有时候，他会带来一点酒菜或是半瓶零沽的酒，母亲再添上一两样菜，他与父亲便开始边饮边聊，边吃边抽。我们几个孩子是不许上桌的，我那时太小，他们谈的东西我既听不懂，自然不感兴趣。偶尔也会有几句传声入耳，多是关于鬼的。且总是金伯伯提起话头，绘声绘影，父亲似乎不以为然。有时谈得兴起，父亲会招呼一声："小

黑，小二黑，过来！"给我们哥俩各斟满一杯，我们当
然一饮而尽，寄水先生便会微笑着夹起一箸菜递过来。
父亲这时往往得意地拍拍我的头，赞许地说："这小子
行，能喝二两。"

来我家喝酒的还有景孤血先生、范钧宏先生、屠
质甫先生，几个人聚到一起，便十分热闹。可是到了
一九五七年的下半年，便再也不见屠伯伯的身影。寄水
先生仍不时来喝酒，只是说话的声音低了许多。小孩子
好奇，有时会听到几句，都是与我在学校里学到的截然
相反的话，简直就是大不敬。我因此开始不甚喜欢他
了。转眼到了三年困难时期，市场上买不到白酒了，渐
渐地连葡萄酒也没有地方卖，这可苦了寄水先生和父
亲。现在想起来，当年为了"长安道上觅酒家"，一定
耗费了他们不少的聪明才智。终于有一天，寄水先生兴
致勃勃地排闼而入，手中高擎着一瓶碧绿的液体，不及
细说来历，便斟在两个杯子里，与父亲对饮起来，父亲
亦啧啧叫好。原来这是寄水先生从中药铺物色的一瓶茵
陈酒，本是治疗风湿病的，不过确有度数，两人十分高
兴，不啻在享用琼浆玉液。我因此也得尝余沥，却大失

所望，只觉其苦无比，且有一股刺鼻的药气。但两人竟以此为乐境，你买一瓶，我买一瓶，觥筹交错，顾曲论文。那时两人聊天的话题以《红楼梦》居多，其次是诗，复次是戏。寄水先生对《红楼梦》似乎烂熟，每一细节都似信手拈来，但对书中的诗赋又颇多指摘，我记得最清楚的是两人对《芙蓉诔》都不置好评。

有一次闲话中我问父亲："您和金伯伯谁的诗好？"父亲不假思索："你金伯伯的诗好，有味儿；不过思想有点儿颓废。"多年以后，我在南开大学中文系就读研究生时，回京探望寄水先生，寄水先生看到我分外高兴，称我"故人之子"。话题自然而然转到已谢世多年的父亲身上，我问起他对父亲的诗的看法。寄水先生说："你爸爸作不了诗。他读书太多，一作诗典故就都跑出来了，恨不得句句用典，结果让人看不懂。可你爸爸的曲写得好，有元人的味儿。"我那时初学诗，看过父亲的旧作，再印证寄水先生的话，觉得确是的论。

三年困难时期才过，转眼便是"四清"、现代戏会演。在北京市文化局工作的寄水先生和在中国戏曲研究院工作的父亲都忙起来，见面的时间少了。有一段日子，寄水先生陪同荀慧生去河南体验生活，与父亲时有书信来往。记得他在一封信里说：平顶山风景甚好，二大王未曾出没（按：《西游记》中金角大王、银角大王也），唯不见"绿荫深处酒旗飘"，是一憾事。

"文革"前夕，寄水先生的生活更为拮据，有一段他只抽两毛钱一包的"工农"烟，后来连"工农"牌亦不继，乃改抽烟丝。但仍很讲究，每次来我家，先掏出一个皮质的烟包、两个烟斗，轮换着装烟，点燃，喷云吐雾。他解释说：一个烟斗抽几袋就会烫手，而且会积下烟油，两个换着抽，就好得多。那时父亲虽然收入较高，但因为孩子多，又没有了稿费，也不富裕。两人常常是沽半斤零酒，买二两豆制品，便交杯换盏，高谈阔论起来。寄水先生曾有诗述及当时的窘境，起句是"三两红星酒，一包绿叶烟。"末句是"赛过小神仙"。真是"人方忧之，而回也不改其乐"。

"文革"初，寄水先生病肾，旋又离婚，境遇每况愈下。从原来西城黑塔寺的单元楼居迁至崇文门外的豆腐巷，那里原是马连良的一处房产，颇有几进院落，但此时已成了大杂院儿。寄水先生便携子家骝借寓在最后一进小院的"西厢"。"西厢"本是下人所居，其逼仄竟至于须拆除床头护板才能勉强横放下一张双人床，室内一几、一榻、一橱，别无长物。虽然斗室，却常常高朋满座，"谈笑有鸿儒"，"往来无白丁"。常来的有卫生出版社的刘肇霖、农业出版社的刘毓煊、人民文学出版社的黄肃秋、北昆的李体扬，萧劳之子萧豹岑及我的姑父金启曔。我那时已在北京四中念到初中二年，赶上"史无前例"，因为出身不好，且父亲当时已被"革命群众"揪出批斗，自然无缘加入红卫兵，乃成逍遥派，终日无所事事，便偶尔造访寄水先生。

第一次去还是从豆腐巷的前门几经辗转摸到后院，正是夏天，我喊了几声"金伯伯"，只见寄水先生从东厢答应着走出来，手里拿着笤帚、脸盆，他说每天要打扫一遍厕所，不然有味儿。随即引我进入"西厢"。我方惊异于房间的狭窄，寄水先生已亲切地招呼我坐下，并为我沏了杯茶。我抬眼看去，方桌正上方的墙上贴着寄水先生手书放翁的一联诗，"正欲清谈逢客至，偶思小饮报花开"。油漆剥落的桌上一只大肚的玻璃酒杯，里面泡着几块雨花石，石缝中插着一株小小的白菜心，平添出几丝绿意，几许生趣。寄水先生才问了父亲的近况，门外有个老大娘高声喊"金大爷"，寄水先生匆忙答应，告诉我：今天街道学习，要为胡同里的家庭妇女读报纸，嘱咐我先看看书，等他回来。我胡乱翻看床头散放的一堆线装的《渊鉴类函》，似懂非懂，约莫有一个小时，寄水先生拿着报纸回来了。看见我手里的《渊鉴类函》，对我说："这书好。"我问他："您怎么连街道的事儿也管？"他说："文化局的革命组织让我提前退休，这年月留在单位里反而不妙，倒是回家不惹是非。我已退了两个月，街道上的积极分子不知从哪打听出来我是个大文化人，认字多，所以让我给她们读报纸。我这儿来人多，跟她们处好了没坏处。"说话间，同院儿的邻居又拿着一叠白纸来请金大爷写挽联，来人是北京京剧团的一个流行，没什么文化，告诉寄水先生是他的老母去世。寄水先生不假思索，提起笔来当即写了四副挽联。看那字，兼有魏碑的朴拙和《圣教序》的劲媚，引得来人连连称谢。

落日衔山的时候，李体扬、刘毓煊、刘肇霖，还有一位学诗的中学教师，人称"吴大诗人"的衣冠楚楚的胖了陆续来到，毓煊叔叔还带来一只熏兔。寄水先生连忙打发家骝去红桥市场买来鳝鱼，他就在院中一只小蜂窝煤炉上亲掌庖厨，做了一道炒鳝丝。他只是稍微冲了冲鳝鱼，血丝都未洗净，切丝爆炒，一边炒，一边对我说："炒鳝丝油要热，多搁料酒，多放芫荽、胡椒粉。"食之果然嫩爽香滑，回味无穷。我后来在各地许多有名的馆子点过炒鳝丝，但没有一次找到过那种味道。几样菜都摆在院中的一张小矮桌上，众人促膝而坐，寄水先生拿出一瓶二锅头，大家便边饮边聊起来。先是一番闲话，接着，吴大诗人取出自己新作的一首七律，工楷写在宣纸上，不无得意地展示给众人看，座中有朗吟的，有称许的，寄水先生却只是微微笑了笑，未予置评。话题很快由诗入曲，"吴大诗人"问寄水先生昆曲有没有板，寄水先生指着李体扬说："这儿有专家，你问他。"李体扬便说："怎么没有？"边说边打着拍子唱起《牡丹亭》的【皂罗袍】，"吴大诗人"摇头晃脑地跟着唱，连声赞叹："美！美！"忽然问寄水先生："您说什么是美？"寄水先生说："这问题得找大学教授，大学里有专门研究美的。我不会讲课，说不好。我只知道不同的人有不同的美。贾宝玉就看林黛玉美，贾琏就觉得多姑娘美。"众人都笑了。一会儿，纷纷谈起各单位的"运动"，说到老舍挨打的事。寄水先生说他当时就在老舍身边，有人也点了他的名字，幸而没人响应，不然也要倒霉。"我是占了不写东西的便宜，没几个人知道我。"然后指着我："他爸爸就吃了写东西太多的亏。我劝他，他不听。"稍事沉吟，便口占一绝："出身一问口难开，皮带无情揍便挨。寄语超生泉下客，先查档案后投胎。"

夜幕四合，众人相继告辞，寄水先生独把我留下，对我说："你吴叔叔的诗都合律，就是没有诗味儿。作诗本来不难，就是词汇搬家，搬得好就像诗，合起来要有种韵味。当着人的面不能说人的诗不好，就像你到人家里，主人给你沏茶，茶叶放多少，只能客随主便，这是礼貌。回到家里愿意放多少就放多少，完全凭自己的喜好。"我觉得有点玄妙，难以捉摸，又觉得有理。临去时，寄水先生送我到北面的一个小门洞，嘱咐我下次来不必走前院，从巾帽胡同进来，路南四十三号高台阶的小黑门，敲门进来就是"西厢"。

后来我又去过几次，都是从巾帽胡同的小黑门进入，每次都能尝到寄水先生亲手烹制的美味佳肴，听到他对文艺与人生的超脱见解。不久，我被遣至山西雁北插队，寄水先生也被发往京郊的五七干校改造，见面便疏了。七十年代初，派斗激烈，文网稍弛，父亲得以回家喘息，寄水先生也回到北京。一日，两人在王府井不期而遇，父亲自惭形秽，一低头就要过去，被寄水先生一把拉住，说："你上哪儿去？"父亲略述近况，寄水先生便同父亲一起来到家中，那时我家已迁至东单方巾巷。劫中重逢，两人都分外高兴。原来寄水先生之倒霉，竟颇与父亲有关，父亲的数百卷日记被抄，造反派检索罪证，发现内中所记多有大逆不道之语，而泰半是与金寄水先生晤谈时所发，金所言更多"恶毒攻击"之嫌，于是转与文化局造反派联络，寄水先生遂遭批斗。父亲觉得对不住老朋友，寄水先生却全无芥蒂，又与父亲推杯换盏，重叙旧谊。这都是父亲死后寄水先生亲口告诉我的，"文革"已历数年，父亲对这场"革命"的态度虽已失了虔诚，但仍然抱有幻想，坚信"天生我才必有用"。寄水先生劝他不要太天真，事实上，寄水先生"文革"前的一些预言已一一应验，父亲对此亦不能不佩服，只是不甘心将一肚子学问付诸东流。寄水先生谈及此，叹惋不置。

一九七二年一月，父亲归道山，因为结论是"敌我矛盾按内部矛盾处理"，吊唁者寥寥。寄水先生强忍悲痛，对父亲的遗像行礼如仪，从此十年，步履不再入方巾巷。直到十年后我结婚时，寄水先生才破例到我家庆贺，他说："我不愿意进这条胡同，一进来就想起君起，心里难过。"家人闻之皆唏嘘。父亲死后，我每年冬天回京时，总要到巾帽胡同的"西厢"去探望他，去必饮酒谈诗。他说："咱们这叫忘年交。你爸爸的东西将来还得有人继承，我看你行。"他谈作诗，说："现在人动不动就来一首打油诗，其实打油诗不好作。打油诗要讽刺，只有先把自己说的不是东西，才能骂人。而且打油诗也不能一味地俗，颔联可以俗，颈联却要雅。"说着，给我诵了一首他的打油诗："劳动逢重九，临风暗自嗟。只能挑白薯，不敢醉黄花。担重吟肩瘦，途遥野径斜。晚来筋骨痛，这是为甚嘛。"然后告诉我，这诗犯了韵，麻花不同韵，打油还可勉强，正经作则不许。一会儿，又念了一首，"皮带一声响，牛棚住四年。腰弯头顶地，臀令眼朝天。面任千人唾，书难两地传。深更说梦话，还背老三篇"。这都是他在"干校"时作的，我听了暗暗称奇。

七十年代中期，寄水先生在卫生出版社点校《本草纲目》，"文革"结束，他的境遇却无大的改善，有时给《食品》杂志写点稿子，换些酒钱。睿王府的茶叶馅儿饺子就是那时写的，他对我讲过：要用上好的碧螺春茶水打肉馅儿，然后连同茶水带茶叶一块儿包起来，吃时一咬一股水儿，别具一种清香。

八十年代初，家骊结婚，"西厢"作了新房，寄水先生不得不孑身迁出，借寓在南小街干面胡同的一间斗室内。我当时已就读于天津南开大学，寒假回京，打听到地址，便去看望他。进入小院，二门边上一间小屋，敲门进去，寄水先生正坐在蜂窝煤炉旁，拨弄着一个砂锅里的东西。见我来了，十分高兴，说："今天咱们吃佛跳墙。"我打量了一下房子，约有八平方米左右，墙上有他手书的一联："安贫未必常贫我，好客何妨暂客人。"屋里仍是一几、一榻、一桌，但皆非"西厢"旧物，更惹眼的是屋里竟有两只皮质的沙发。寄水先生笑了笑，说："这都是人家的，我只借住。"我说了说考研的情况，中央戏剧学院复试落选，被转到南开大学。寄水先生连说："南开好，南开好。那是个老牌子大学，书也多，你在那儿能学好多东西。"不一会儿，他拿出几样小菜，有糖渍的卷心菜、自制的蜜饯、一串葡萄，热菜就是那锅佛跳墙，里面也不过是些豆腐干、腐竹、香菇、肉片之属，并没有我所期望的奇珍异物。我俩边饮边聊，寄水先生说起五十年代，有一天与父亲在北海的漪澜堂不期而遇，父亲拉着他便直奔仿膳，边走边说："今天我有钱。"其实是父亲刚得了七块钱稿费，结果两人吃了对虾，还有鱼，喝了不少酒，一结账，才五块钱。言下不胜今昔之感。他又谈到正在主编的《京剧剧目词典》，他说："这东西哪能和你爸爸的《初探》比呀，你爸爸那是真功夫，有考据，而且他那半文半白的文字也好，我就写不了。我们这是好多人往一块儿攒，有的人文字根本不通。其实我哪有你爸爸懂戏。我说我不懂，别人非说我懂，没有办法，好多都是抄你爸爸的。将来出版，肯定招人骂。"饭后，寄水先生要去东单的一个朋友家串门，他梳头更衣，领我从干面胡同中间的一条小巷横穿向南，一路经过遂安伯胡同、无量大人胡同、堂子胡同，路边一道灰色砖墙，迤逦延伸，里面似是个极大的宅院。寄水先生沉吟良久，忽然对我说："这儿就是我家，我在这儿长到十一岁。"我才知道我们刚才一直在沿着睿王府的西墙走，一会儿他又说："人的一生，要做到这里也能住，牛棚也能住。一个人住得太大，别的人就要住小的。你看，才几十年，这里已经成了大杂院儿。"我恍惚明白他是在教导我，但仍不禁生出"旧时王谢"的感慨，又油然想到白乐天的诗句"大隐在朝市，小隐在丘樊"，渐渐有了一种由衷的敬意。

不久，寄水先生的"红楼外编"《司棋》问世，饮誉海内，行家多以为有雪芹笔意，先生却自谦"那是写着玩儿的"。再后来，文化局为寄水先生落实政策，他便乔迁至西郊紫竹院南昌运宫的一栋高知楼的八层，三室一厅，终于结束了徙倚寄居的窘况。为此他特撰一联，下句是"金寄水一步登天"。

最后一次见到寄水先生是一九八五年的春节，先生遍邀故旧，使毓煊叔叔之子驾车来接，我与姑父同车前往，宾客竟达十数人，有刘肇霖（时任九三学社宣传部部长）、刘毓煊、黄肃秋、萧豹岑等。寄水先生着睡衣一袭，坐于厅内沙发上，神情极为闲适，望之有出尘之韵。那天的菜极为精致，第一道是冰糖莲子羹，第二道是虾鲞。寄水先生的异母弟亦在座，我以前只耳闻，未曾见过，据说烹饪手艺极高。看上去倒比寄水先生年长，且一足微跛。寄水先生命他去厨房做一道鱼，他虽面有难色，还是去了。寄水先生解释说："我们家的规矩，哥哥的话，弟弟必须听。"一会儿，那道干烧鲤鱼端出来，味道果然不同凡品。那天席上说的话，我都已浑然忘却，只记得寄水先生念了他自挽的一联："人世已无缘，漫云宿业难逃，过眼云烟休再梦；他生如有约，纵使前因未了，伤心旧地莫重来。"这一联对我触动颇深，十几年来，萦回脑际，不时揣摩，愈来愈觉寄意幽缈。似是人生况味的总结，又仿佛是前路的谶语，更像是《石头记》中那情僧的忏悔。直到今天，我还是觉得这挽联中有许多不可言传的东西。

当夜临走时，我到他的书房里告辞。多年来，他养成一种习惯，饭后要小睡片时，无论什么大人物来了，他也是"我今欲睡君且去"。熟人都知道，有的就先走了。我那天不知为什么，有些留恋。进去以后，看见他已睡醒了，正卧在小床上看《剑南诗稿》。我说："金伯伯，我想要您一幅字。"他说："好吧，我还没送过你字。"便起来坐到桌前，砚中尚有馀墨，他想了想，说："就写我刚作的一首诗吧。"于是提笔写了："楼居乐事未全非，睡起凭栏数落晖。问字人来常馈酒，陶然不用典春衣。"写完了，他说："这诗写得不好，下次你来了，我送你幅好的。"因此也未题款。后来我寻思这首诗，"楼居乐事未全非"，实际是基本否定了楼居的生活方式，勉强地在告慰自己：高楼里的生活毕竟还不能说一无是处。"睡起凭栏数落晖"，悠闲之中隐含着寂寞。友人多在东城居住，又大多年老多病，来一趟不容易，把酒论诗的机会少了，这对一向好客，而且一生清贫却从不缺少朋友的寄水先生来说，三室一厅的住房也许还不如干面胡同的八平方米，也不如巾帽胡同的"西厢"。加之或者已预感到来日无多，只能"凭栏数落晖"了。后两句含有自嘲，以诗自诩的寄水先生到了晚年，因其特殊的出身，愈来愈受到社会的关注，懂诗的人不多，想在家里挂一幅王爷的字以附庸风雅的人却不少。来了不便空手，又听说寄水先生好酒，五花八门的名酒因是纷至沓来，其实寄水先生只喝二锅头。但过去典衣换酒的窘境毕竟印象太深，历时太久，骤然换了一种生活方式，一下子还难以适应。"陶然不用典春衣"，实则饱含着凄凉。清贫与笑对清贫原是寄水先生的本色。我这段已近于歪批，幸海内知寄水先生者有以教我。

一九八六年冬我执教南开，未回北京。翌年，我正拟寒假回京看望寄水先生，忽然接到了"金寄水同志治丧小组"的讣告，上面说寄水先生"因患脑溢血突发，不幸于一九八七年十二月十九日二十三时二十分逝世，享年七十二岁。遗体告别仪式，定于十二月二十九日下午一点在八宝山礼堂举行"。我收到讣告的时间是三十一号下午，去告别仪式已整整两天，因此未得与先生见最后一面。对此我倒并没有太多的遗憾，人生如寄，以寄水先生的超脱，我知道他断不会拘泥黏滞于某种人为的仪式的。

寄水先生驭鹤西行已经十四年，我今也步入知命之年。多年以来，我常常想起寄水先生，频率甚至超过我父亲，这大概是父亲去世太早，对我的影响不及寄水先生的缘故。我也常常将两个人相比，一儒一道，竟保持了如此真挚、如此长久的友谊。但论起人格魅力，我觉得寄水先生更胜一筹，我喜欢他的乐观、飘逸、从容、宽博，他的富于聪明智慧的谈吐，他的随缘适意的人生态度，这一切合在一起，便昭示出一种文化蕴涵。即使是很小的地方，比如居处穿衣，寄水先生无论穷到什么地步，屋里也收拾得一尘不染，出门前必把头发梳理得一丝不乱，服饰整洁，衬衣下摆永远束在长裤内，显示出高贵的教养。近来我常想：什么是精神文明？我以为寄水先生身上便体现着高度的精神文明：不以物喜，不以己悲。屈己从人，达观阅世。天资过人，谦退容与。清风高节，允称大隐。

先生去世后，有一次我去姑父家。姑父指着墙上悬挂的一幅寄水先生写的《春江花月夜》说："我在字上下的功夫其实比你金伯伯大得多，可他就是写得比我好，他的字好看，有文人气。"我也有同感。不久，姑父也去世。而寄水先生送我的那幅字竟在一次搬家时遗失了，至今令我追悔莫及。

《艺坛》第二卷 武汉出版社 2002 年 4 月

《散文》海外版 2002 年第 5 期，

2021 年 5 月 14 日修改

附 京剧史家陶君起先生行状

屈指流光，先君辞世已垂二纪。近翻检旧籍，再睹他 23 岁时所写自传，音容謦欬，如在目前，情不能已，藉斯文以寄缅怀。

一、

先君讳复，字君起，以字行，生于北平仕宦之家，先世为蒙古贵胄，其曾祖讳明谊，为嘉庆乙卯科进士，仕至甘肃省臬台、乌里雅苏台将军，《清史稿》有传。祖父讳常裕，为陕西汉中知府、陕西道台及四川提法使；祖母氏金，为满洲爱新觉罗宗室。父讳容海，毕业于北平大学法学院的前身——国立政法专门学校政治经济科，也入仕途。先君生时，已在辛亥之后四年（1915）。

因我祖父、母都嗜读小说，家中所藏稗官野乘甚多，故先君自幼即有此好，八岁时，已读过《水浒传》。又因祖父、母酷好京剧，故先君得以每周两次随祖父出入三庆园，仅以一百铜元票价，观赏伶界大王余叔岩的绝艺。大约从那时起，先君与京剧便已结下了不解之缘。

自少年至青年，先君于家塾习经书、古文，亦曾就读于育英小学、四中、三中，然以厌恶数学，成绩不佳，时辍时复，其得自学校之知识反不若自修所得为多。十五岁时，已有小说发表于晚报，古文亦颇有可观。稍后，索性退学家居，师从当日宿儒邓正夫先生研习经史。邓为光绪癸卯科举人，曾任湖南省省长，时挂冠归隐，侨寓故都，因与我祖父有通家之好，破例收了先君为弟子。邓精通宋学，为官清正，为人端方，于经传子史均有极深造诣，文宗桐城，诗步后村。先君得邓夫子亲炙，如鱼得水，学识精进。不久，又受知于姑丈齐景班先生（齐燕铭之父）。齐先生长于汉学，立足于考据、训诂。先君乃得出入于汉宋之间，既有宋儒寂然而通的默识，又得汉儒审慎务实的成法，其于国学已沛然淹贯。

自十七岁始，先君已有意识地用日记记录读书的心得，每日用小楷详记一日经历于十六开毛边纸上，每月装订一册。内容自饮食起居、交游谈讌，新闻政局、煤价米价，靡所不录。这一习惯，直至其去世前三天，整整保持了四十年。

这其间，先君课业之余，主要的娱乐即是京剧。我家亲戚友人多擅长此道，我祖父唱腔源于谭鑫培，胡琴又曾得陈彦衡的真传。（中年以后与徐兰沅、杨宝忠交厚，至今我叔父家中仍保存着杨、徐所赠的京胡各一把。）先君的十四叔父若衡于京剧的流派唱腔、场面表演更是当行，无一不通，故先君与叔父麐、姑母亚雄皆得其教诲，家中弦歌不辍，每半月排演一出。年余时间，先君已学会二十七八出戏。遗憾的是，碍于嗓音的天赋，先君只能应工冲、外一流，即所谓里子老生。

先君天性认真，凡事喜欢探索。爱猫，则研究猫的习性。他曾对我说，猫洗脸并非爱清洁，而是美餐之后，要把那腥膻之气涂个满头满脸，使之散布四周。这真是心裁独出的妙论，虽无动物学方面的佐证，亦可觇见先君的精神趣尚。对京剧，他也并未止于娱乐，而是在爱好的同时，又进一步探究它的壸奥。在学演《黄鹤楼》时，他想到《三国演义》中并无这段故事，于是检索《纲鉴易知录》，亦无法找到答案。后来终于在元人朱凯的杂剧中发现这故事的渊源。循此路径，又相继发现，《打渔杀家》《蔡家庄》《二龙山》《扈家庄》非取材于《水浒传》；《武昭关》《长亭会》不取材于《列国志》；《盗魂灵》《金钱豹》不取材于《西游记》；《艳阳楼》《白水滩》《通天犀》不取材于《水浒后传》。这些问题在今日已可借助工具书轻易地解决，但在当时却很费了先君一番筚路蓝缕的考据工夫。以通俗文学、稗官说部证戏曲本事，正可发挥先君的国学考据之长，先君亦从中得到了极大的乐趣。此期间，先君利用读书之暇，还撰写了两部章回体武侠小说：《奇侠别传》与《乱世情侠》。前者连载于《全民报》，1934 年刊印成书。后者实乃历史小说，写庚子之变，连载于《游艺报》。

　　"七七事变"，北平沦陷，家道亦随之中落。祖父赋闲，先君不得不四处奔走谋粟，就职于贸易工会、皮革联合会等民营机构，靠二三百斤小米养家。国家蒙难，神州陆沉，使先君的观念大变，由通经以致用转而关心时事科学，由沉浸故纸转生报国之热忱。这时期发表的杂文亦多民族、民生的不平之鸣。直至1948年，经表兄齐燕铭的引导，先君方始认清救国之路，并参与了一年的地下工作。

二、

真正使先君的学识与对中国戏曲的多年涵泳得有用武之地还是在新中国成立以后。一九五一年，先君由大众创作研究会正式调入中国戏曲研究院，从事专门的戏曲研究。在京剧剧本的整理改编、推陈出新方面做了大量工作。由于共同切磋，互相感佩，先君与范钧宏先生、景孤血先生结为莫逆之交，加上老友金寄水先生，四人常常聚饮畅谈，海阔天空，无所不至。我的童年就是在这种浓郁的文化氛围中度过的。

先君在参与整理改编《京剧丛刊》的同时，已开始着手系统地爬梳京剧剧目的工作，他以极大的热情走访剧坛名伶，以深厚的国学功底考镜剧目源流，以审慎辛勤的劳作辨析罕为人知的剧本，终于在一九五七年完成了《京剧剧目初探》这部专著，第一次将有史以来的京剧剧目做了全面系统的梳理辩证。全书收剧目凡一千二百余种，提要剧情，辨章本事，区分流派，兼涉乱弹。书甫问世，即大受欢迎，其所独创之体例亦甚为学人称道，短期内五千册已销售一空。乃于一九六三年再版增订本，除订正前书阙失，又增列乙编三章，录新编历史戏、近代革命题材戏与现代戏九十五种。这段时间，是先君最为忙碌，也是心情舒畅、工作效率最高的日子。我那时刚上小学，记得往往一觉醒来，夜已阑珊，犹见他于烟雾缭绕中伏案疾书，天明起床，烟蒂已积满一盂。

先君嗜烟、酒、美食，尤喜"烤肉季"之烤肉与东来顺之涮羊肉，想是蒙古遗风。其于饮馔一道颇有研究，一九四十年代，曾撰《饕餮广志》《饕餮新志》《饕餮续志》专文，评骘旧都餐馆菜品与各大菜系短长。五十年代后期，每逢周日，必偕家人至餐馆一聚，或东安市场，或前门外，或西单等处菜馆聚餐之所，且有意识地培养我和哥哥对饮食文化的兴趣。

生长在这样的家庭，我与年长四岁的哥哥自幼便受到古典文学与京剧艺术的熏陶，五六岁时，便常常穿戴起家里的各种行头，舞刀弄杖，在院里搬演起《定军山》《长坂坡》的片段，先君与叔父下班回来，总要对身段、唱腔做些指点，年迈的祖父、祖母则坐于廊上含笑观看，其乐也融融，其情也泄泄。

自一九五七年至一九六三年，先君不断在报刊杂志发表文章达百余篇，撰写剧评，漫谈京剧掌故，介绍戏曲知识，分析流派风格。且在电台讲授京剧行当，为戏曲学院学生讲授京剧服装。鉴于他对余叔岩唱腔的深入研究，一九五九年上海文艺出版社出版《余叔岩唱腔曲谱集》时，特请先君撰写前言，对余氏唱腔有精辟的分析。一九六〇年，著《京剧的角色分行及其艺术特点》，由中国戏剧出版社印行，并为《京剧版画》撰写说明文字。一九六二年，著《京剧史话》，为京剧的普及与提高付出了大量心血。与此同时，先君还编写了现代京剧《软糖秘密》，由吴素秋、姜铁林主演于北京长安大戏院。

其间，先君亦尝忙里偷闲，与叔父、姑父金启暻等戚友粉墨登场，多次演票戏于西城工人俱乐部。仅我所见，他即曾饰演过《回荆州》之鲁肃，《探母》之四郎，《打渔杀家》之萧恩，《失街亭》之赵云，《穆柯寨》之六郎，《盗宗卷》之张仓，还曾反串《打面缸》《打城隍》之丑角。最后一次看先君演戏是在一九六五年的春节，戏曲研究院举办联欢晚会，先君带我来到东四八条研究院四楼礼堂，他与同仁合演话剧《青春之歌》的片段。先君饰戴愉，举手投足间，将叛徒的神情意态表演得惟妙惟肖，全场忍俊不禁。然而今日看来，那又何尝不是一种不祥之谶呢！

三、

一九六四年，先君服从组织决定，随"四清"工作队赴吉林通化农村。条件艰苦，无法用毛笔记日记，乃改用钢笔，每周寄回，由家母誊抄，仍是一丝不苟。一年后返京，国内形势已有山雨欲来之势，先君毫无觉察，仍孜孜矻矻地编写《宋景诗》剧本。

一九六六年，林彪委托江青炮制的《部队文艺工作座谈会纪要》出笼，其中谈道："对于文艺理论方面一些有代表性的错误论点和某些人在一些什么……《京剧剧目初探》之类书中企图伪造历史，抬高自己，所散布的许多错误论点，都要有计划地进行彻底的批判。"一夜之间，先君即由"戏剧界知名人士"变成"十七年文艺黑线的黑干将"，成了南冠之囚。其始被羁縻于地处海淀的社会主义学院，与一批文艺界名流终日学习讨论，虽无人身自由，尚属和风细雨（据说此乃当时主管文化部工作的肖望东将军的保护措施），故先君当时日记有"每日四菜一汤，味颇佳"之句，浑然不觉大难临头。

三个月后，即被"革命群众"揪回研究院批斗，罪名是"伪造历史，干黑事，讲黑课，出黑书，瓦解社会主义经济基础，对抗江青同志的京剧革命"。那条日记自然也成"死不改悔"的一条罪状，被抄成大字报展览于文化部大厅。先君则被薙发、挂牌，日复一日挨斗、陪斗，交代罪行。一九六七年，《人民日报》头版发表整版文章《〈京剧剧目初探〉是大毒草》，指先君为反动文人、黑帮分子。先君处境更为不堪，我家两次被抄，浸透先君一生心血的两大箱、四百一十五卷日记悉数被造反派运走，付之一炬；连梅兰芳先生赠与先君的一只玳瑁猫亦未能逃脱厄运。

我于一九六八年赴山西雁北插队，翌年春节回京省亲。其时，先君已被遣发天津静海团泊洼文化部干校改造，因冬日咳喘剧烈，影响同室睡眠，特蒙军代表恩准返京治病。一年不见，原本瘦弱但风度翩翩的先君竟骤然显出了龙钟之态，佝偻了背，咳喘不已，旧日眼中自信潇洒的神采荡然无存。他仍须每日到院报到并代管收发信报。记得有一天我陪他同去院部，下了二十四路车，进东四八条，每走几步，他就要停下来剧烈地喘息，短短二百余米的路，竟走了整整四十分钟。

一九七二年冬，我再次回京，先君亦在京治病。我发现他仍在记日记，仍是一丝不苟，并又已积下二十余册，只是换用了钢笔。然而，其中不再有真实的思想，只是大段地摘抄报纸以及一些饮食起居的记录。

一月十四日晨，无风而冷，先君饮牛乳一瓯，欲往医院打针。行前，先往院外的公厕小解，我陪他同去，候于厕外。良久，不见他出来，我即入内观望，见他立于便池旁，昂首闭目凝息，若有所思，我即伸手搀扶，不意他竟顺势倒下，呼吸全无。赖邻居帮忙，用三轮车急送至同仁医院（当时称工农兵医院），医生仅略做检查，即云人已死去，无需抢救。待家母、姊姊闻讯从单位赶来，先君已被推至太平间，死亡证明书上注：死于肺炎性心脏病。

他就那样地去了，没有一句遗言，亡年五十七岁。盖棺的结论是敌我矛盾按人民内部矛盾处理。

先君，殆儒也。手无缚鸡之力，一生以读书著述为业，其最崇拜之人为孔子、成吉思汗与曾国藩。新中国成立后，亦尝努力研习马列，亦尝以马列之是非为是非，唯于政治权术，懵然无知，且恃才傲物，耿介不阿。二十世纪五十年代，多次与齐燕铭同场观剧，时齐已任高官，散场后，数邀先君与同车，皆婉拒，自雇"三轮儿"返家。其与梅兰芳、李少春、赵燕侠等颇有过从，然处之极有分寸，不亢不卑，与当时一班"清客"迥异，故能互相尊重。其待友朋推心置腹，遇不学无术小人，则形于色。其能躲过五十年代一系列运动审查，亦侥幸矣；其终未躲过"文革"一劫，亦必然也。倘假以十载阳寿，其必能有大制作嘉惠来者。呜呼！天既授之以才禀，又不假之以年，奈何！奈何！

一九七八年，赖齐燕铭先生亲自过问，先君的冤案终得昭雪。我从他的日记本中翻出一页，上书"以往所努力之学问与所犯之罪行"，兹逐录于下：

一、历史——"廿四史"、《资治通鉴》、"十通"、《世界史纲》《中国史纲》等。创造了记忆法，于春秋战国、五胡十六国等最不易记忆之人和事，特有熟悉之方法，了如指掌，兼通掌故。

二、经学——"十三经"。于《尚书》《周易》《诗经》《礼记》《左传》《孝经》与"四书"尤精熟。

三、文学史——自曾护《中国文学史》、谢无量《大文学史》直至郑振铎《中国文学史》凡三十余种，著《历代学人言行考》五百余人。

四、小说——最为烂熟，《水浒》《三国演义》《红楼梦》《儒林外史》《列国志》皆能背其回目，兼及近、现代与外国作品，有论文数篇。

五、英文——《拿氏文法》《英文典大全》等十几种文法。长于文法。

六、戏曲——通晓中国戏曲史，各剧种、剧目，音乐（唱腔、伴奏、音律）、表演、美术。自编《戏曲知识讲座》，著有《怎样写京剧》《京剧史话》《京剧版画》《京剧丛刊》《京剧剧目初探》《京剧的角色分行及其艺术特点》，编《软糖秘密》剧本，写剧评、剧论百余篇，能演旧戏二十余出。

七、诗词歌赋——较长于律诗、古风、词曲，著有《非雅颂吟草》。

八、刻苦读书，焚膏继晷，但未能用马克思主义观点、方法进行研究。

以上是他向造反派交代的材料，不知当日造反派读后作何感想，亦不知今日读者作何感想。我想：这多少可以窥见先君的一点精神。是为其八十周年祭。

《人物》1997 年第 1 期